KB268562

우리는 병원 밖에서 일하는 간호사입니다

# 우리는 병원 밖에서 일하는 간호사입니다

산업보건 간호사 10인의 현장 이야기

초 판 1쇄 2026년 02월 24일

**지은이** 강은주, 강명희, 남경숙, 배경숙, 신계숙, 이미숙, 이은미, 전춘자, 정진희, 최숙형
**펴낸이** 류종렬

**펴낸곳** 미다스북스
**본부장** 임종익
**편집장** 이다경, 김가영
**디자인** 임인영, 윤가희, 윤영빈
**책임진행** 안채원, 이예나, 김은진, 국소리, 송가희. 이지영

**등록** 2001년 3월 21일 제2001-000040호
**주소** 서울시 마포구 양화로 133 서교타워 711호, 808호
**전화** 02) 322-7802~3
**팩스** 02) 6007-1845
**블로그** http://blog.naver.com/midasbooks
**전자주소** midasbooks@hanmail.net
**페이스북** https://www.facebook.com/midasbooks425
**인스타그램** https://www.instagram.com/midasbooks

© 강은주, 강명희, 남경숙, 배경숙, 신계숙, 이미숙, 이은미, 전춘자, 정진희, 최숙형, 미다스북스 2026, *Printed in Korea*.

ISBN 979-11-7355-726-2 03810

값 18,500원

※ 파본은 구입하신 서점에서 교환해드립니다.
※ 이 책에 실린 모든 콘텐츠는 미다스북스가 저작권자와의 계약에 따라 발행한 것이므로 인용하시거나 참고하실 경우 반드시 본사의 허락을 받으셔야 합니다.

미다스북스는 다음세대에게 필요한 지혜와 교양을 생각합니다.

# 우리는 병원 밖에서 일하는 간호사입니다

| 강은주 강명희 남경숙 배경숙 신계숙 이미숙 이은미 전춘자 정진희 최숙형 |

미다스북스

# 들어가는 글

강은주

유난히도 파란 하늘과 예쁜 구름이 잘 어울리던 초가을, 2025년 9월 6일 토요일 10시. 천안아산역의 모임 공간, 스크린 화면에는 '산업보건 작가들'로 모임의 목적을 알린다. 전국에서 이 모임을 위해 열 명이 속속 도착했다. 서로를 잘 알고 있다고 하기에는 조금은 어색한 사이들이다. 퇴직으로 오랜만에 만나서 반가운가 하면, 처음 만남으로 멋쩍고 쑥스럽기도 한 공간이었다. 서먹함도 잠시, 우리가 모인 이유를 이야기한다. 마치 오래전부터 계획에 있었던 것처럼 말이다.

> "사람이 온다는 건 실은 어마어마한 일이다. 한 사람의 일생이 오기 때문이다. 그의 과거와 현재와 그리고 그의 미래가 함께 오기 때문이다."
> – 법정 스님, 『맑고 향기롭게』 중에서

우리는 작은 모임 공간에서 열 명이 살아온 날들과 살아가야 할 날들

  우리는 병원 밖에서 일하는 간호사입니다

에 대한 자신만의 이야기를 '글쓰기'로 풀어낼 예정이다. 모두가 글쓰기는 초보다. 하지만 우리들이 글을 쓰기로 의기투합할 수 있었던 것은 사회 초년 시절부터 지금까지 경험했던 자원이자 공통점이 있다.

'간호사', '대한산업보건협회', '산업보건', '정년퇴직'

간호사로서 각자의 출발점은 다르지만, 도착점인 대한산업보건협회에서 선후배이고, 동료이고, 친구인 이들이 모였다. 간호사로서 감당해야 할 사회적 책임과 소명을 산업보건의 한 영역에서 담당해 왔다. 우리는 화려한 성공담 대신 담담하고 묵묵하게, 때로는 좌절도 하며, 현장에서 부딪히며, 배우고, 성장했던 과정을 조각조각들을 펼치고 연결했다. 그 속에서 나답게 살아온 "나"를 발견했다.

우리는 정년퇴직이라는 인생의 과제를 마무리하는 과정에 있다. 각자의 위치, 경험, 근속연수는 다르지만, 열정만큼은 같았다. 각자마다 성장 스토리를 지니고, 다양한 삶의 모습, 나만의 방식으로 여기까지 왔다. 퇴직이라는 지점에서 다시 앞으로 살아갈 새로운 길에 대하여 소소하게 자신만의 색깔로 이야기한다.

지금부터 열 명이 경험한 간호사, 산업보건의 경험과 새로이 맞이할 앞날에 대한 기대가 이야기로 펼쳐진다.

이 책은 총 네 개의 장으로 구성되어 있다.

1장에서는 간호사로 첫 현장에 들어서며 마주한 낯설고 버거운 현실, 그리고 책임과 사명감을 배워가는 과정을 다룬다.

2장에서는 병원 밖 산업현장으로 역할을 옮긴 이후, 준비되지 않은 상태에서 부딪히며 성장해 가는 산업보건 간호사의 경험을 담았다.

3장에서는 일터에서 근로자의 건강을 마주하며 겪는 한계와 보람, 그 속에서 체득한 생존의 기준과 태도를 이야기한다.

마지막으로 4장에서는 정년 이후를 또 하나의 출발점으로 바라보며, 그동안 쌓아온 경력을 바탕으로 이어지는 두 번째 삶의 방향을 살펴본다.

정년과 함께 사라졌을 이야기가 책으로 나왔다. 이 책은 평범한 일상과 치열하게 살아온 산업보건 간호사 열 명의 진솔한 '삶의 이야기'이다. 후배 간호사들에게는 간호사를 디딤돌 삼아 넓은 시야로 세상을 보라고 권면한다.

또 이 책을 펼친 당신에게는 지나온 삶이 자원이 되어, 앞으로 살아갈 날에 도전과 용기가 되기를.

2026년 1월

　우리는 병원 밖에서 일하는 간호사입니다

# 저자 소개

### 강명희

대한산업보건협회에서 21년간 산업보건 분야에서 보건관리 위탁 업무와 관리감독자 교육을 꾸준히 일하면서 경험을 쌓았고 정년퇴직 이후 현재는 한국 안전교육기술원에서 관리감독자 교육, 직무 교육을 진행하는 교수로 활동하고 있다.

### 강은주

대한산업보건협회에서 34년간 산업보건 분야에서 간호, 산업위생, 인간공학 등의 현장과 조직 운영의 경험을 쌓았다. 현재는 협회 경기지역본부 교육사업국을 총괄하고 있으며, 또한 한국코치협회 전문 코치(KPC)로 코칭을 겸비한 산업 안전보건교육 전문가로 활동하고 있다.

*e-mail : memilmok@naver.com*

### 남경숙

대한산업보건협회에서 15년째 보건관리팀에서 근무하고 있다. 늦은 나이에 산업 간호사로 입문해 좌충우돌하며 일했다. 정년을 1년 정도 앞둔 지금, 그동안의 시간을 돌아보며 남은 시간 동안도 나의 역할에 최선을 다하며 차분히 나의 일을 마무리하고자 한다.

### 배경숙

병동 간호사와 산업 간호사로 35년 이상 일했다. 정년 퇴임 이후 산업 보건 기관에서 일해 온 경험을 살려 현재도 산업 간호사로 일하고 있다. 산업장 근로자의 건강증진과 무재해를 위해 일하는 산업 간호사 그리고 관리감독자 교육을 책임지는 보건 강사로도 활동 중이다. 일하면서도 소소한 행복을 느끼는 여유로운 삶을 추구한다.

### 신계숙

병원 간호사로 6년간 병원에서 환자를 돌본 뒤, 산업현장으로 발걸음을 옮겼다. 작업 현장을 직접 살피고 근로자의 이야기에 귀 기울이며, 산업재해와 건강장해를 예방하는 보건관리 업무를 이어왔다. 현재는 산업보건 교육 강사로 활동하며, 근로자들이 보다 안전한 환경에서 일하고 스스로 건강을 지킬 수 있는 일터를 만드는 데 작은 힘을 보태고 있다.

## 이미숙

산업현장에서 근로자의 건강과 안전을 지켜온 산업보건 간호사이다. 20년간 사업장을 직접 다니며 보건지도와 상담을 수행했다. 현재는 대한산업보건협회 교육사업국에서 산업안전 보건교육을 담당하며, 현장의 경험을 교육으로 더 많은 근로자의 생명과 안전을 지키는 데 힘쓰고 있다. 은퇴 이후에도 배움과 실천을 멈추지 않는 산업 보건인으로서, 준비된 제2의 인생을 향해 여전히 성장 중이다.

## 이은미

종합병원 수술실 3년 근무 후 1997년 IMF 시기 대한산업보건협회 입사하여 28년 산업보건 간호사로 근무했다. 정년 후 빛나는 제2의 인생을 대학원생으로 배움에 정진하고 있다. 대한심폐소생협회 강사로 "4분의 기적" 응급처치 교육과 누군가에게 필요한 배움을 전달하는 선생님, 교수로도 불리며 행복의 열매를 하나하나 키워가는 중이다. 은퇴 후 나눔과 비움의 삶의 목표를 향해 뚜벅뚜벅 힘차게 걸어가고 있다.

## 전춘자

병원 응급실 간호사를 거쳐 대한산업보건협회에서 보건관리 대행 업무를 33년간 해 왔다. 산업보건의 패러다임이 변화될 때마다 더 나은 보건관리자가 되기 위해 도전과 공부를 멈추지 않았다. 일에 대한 열정과 사람에 대한 따뜻함으로 현장에서 긴 시간을 보냈다. 퇴임을 앞둔 지금의 나에게 "참 잘했다."라고 말해주고 싶다.

인스타그램 : *jeoncunja65*
블로그 : 수제맥주하우스 *blog.naver.com/SooMAC*

### 정진희

서울적십자병원에서 근무했으며, 육아를 위해 병원을 퇴직한 후 간호학원 강사로 15년간 활동했다. 이후 대한산업보건협회에서 산업 간호사로 16년째 근무 중이다. 병원과 교육 현장, 산업현장을 거친 경험으로 사업장 근로자를 대상으로 안전보건교육을 실시하고, 근로자의 건강증진을 위한 산업 간호사로 일하고 있다.

### 최숙형

수술실 3년 경력. 산업보건 현장에서 31년간 보건관리 대행, 근로자 사후관리, 건강진단 관련 업무에 종사했다. 현재는 대한산업보건협회 본부 보건 안전 교육국에서 안전보건교육 강사로 활동하고 있다. 그동안의 산업보건 경력을 바탕으로 인간에 대한 이해의 확장을 위해 공부하며 한발씩 나아가고 있다.

　　　우리는 병원 밖에서 일하는 간호사입니다

## 3장 성장, 일터에서 배우는 생존의 기술

## 4장 정년 이후, 삶의 두 번째 현장에 서다

# 간호사,
# 새로운 꿈을
# 그리다

# ‖ 1 ‖

## 새로운 도전
## 오뚜기처럼 살다

강명희

남편은 대학 4학년, 나는 종합병원 간호사일 때 만나 2년간 연애했다. 남편이 수원 삼성전기에 입사하게 되면서 갑자기 멀리 떨어지게 되었다. "몸이 멀어지면 마음도 멀어진다"라는 속담도 있듯이, 특히 수원은 젊은 여성 근로자 많은 지역이라서 결혼하는 게 낫겠다는 생각이 들었다. 사실 가정 형편상 아버지가 일찍 돌아가시고 동생들도 아래로 세 명이나 있어서 엄마는 결혼을 늦게 하길 원했다. 그러나 나는 결혼하겠다고 선언했다. 남편과 나는 둘 다 아무 준비 없이 맨주먹으로 단칸방에서 신혼생활을 시작했다. 가장 행복한 시절이었다. 1988년 1월 21일에 결혼해 수원에 정착했다. 아이들도 태어났다. 80~90년대에는 맞벌이 부부를 위한 제도나 시설이 거의 없었다. 양가 부모님도 멀리 계셔서 나는 직장을 그만두고 육아에 전념했다.

초등학교 5학년 딸과 1학년 아들 운동회였다. 자모 엄마들과 식사하던 중, 저 멀리 한 엄마가 아이들과 밥을 먹고 있는 모습이 보였다. 그 엄마를 불러 함께 먹게 되었다. 뜻밖에도 그 아들과 딸은 우리 아이들과 친구였다. 게다가 그 엄마는 처음 본 얼굴이지만 대한산업보건협회 보건관리부 팀장으로 근무하는 나의 대학 선배였다. 국고 업무 담당 산업간호사가 퇴사해서 후임 산업 간호사를 구하고 있다고 했다. 나는 선배의 입사 권유로 보건관리부 국고 업무 요원으로 입사하게 되었다. 선배와 첫 만남 덕에 정년까지 직장생활하고 내 삶이 윤택해지리라고는 예상하지 못했다.

입사했을 때는 선배와 현장에 같이 다녔다. 사업장 담당자와 업무협의, 작업장 순회 점검, 근로자 상담 등 산업보건 전반 사항을 익혔다. 처음엔 업무가 생소하고 당황스러웠지만 갈수록 재미있었다. 항상 웃으면서 일하니 주변에서 "뭐가 그리 좋아 늘 웃냐."고 물었다. 차량과 컴퓨터도 제공해 주고 매달 월급도 나오는 데다 업무가 적성에 맞았다. 우리는 차량, 컴퓨터, 월급을 3종 세트라고 우스갯소리로 말했다.

결혼 후 가정주부로만 살아서 초반에는 아무것도 할 수 있는 게 없었다. 컴퓨터를 할 줄 몰라 학원도 다니고, 큰 도화지에 컴퓨터 자판을 그려서 가지고 다니면서 계속 자판 위치를 외웠다. 자판을 암기해서 자판을 보지 않고도 양손으로 타이핑 연습을 꾸준히 했다. 덕분에 업무를 신속하게 처리할 수 있었다.

대한산업보건협회 입사할 때 운전 실력은 왕초보였다. 입사 당시에는 2인 1조로 차량 운전하는 시스템이라 선배 산업위생기사와 짝이 되어 출장을 다녔다. 한 선배는 출장을 다니면서 업무지도, 운전 연수 등 협회에 잘 적응할 수 있도록 모든 업무를 친절하게 알려 주었다. 나의 멘토였다. 선배 팀장, 멘토 선배, 주변 직장 동료의 격려와 지원이 천군만마를 얻은 기분이었다. 산업보건에 관한 공부도 계속하니 점점 자신감이 생겼다. 입사 5년 후 대리로 승진했다. 협회도 성장하여 업무량도 많아지고 국고 업무 총괄까지 맡게 되었다. 업무량이 많아지며 가정에 소홀하게 되었다. 남편도 바쁘고 힘들었지만, 아이들 아침도 늘 챙겨 등원시켰다.

남편과 아이들에게 항상 미안했다. 하지만 산업안전공단 국고 업무를 잘 수행해서 S 평가받고 싶은 욕심이 생겼다. 저녁 11시, 12시에 퇴근하는 날도 많을 정도로 열심히 했다. 결국 S 평가받았지만 내가 한 고생과 노고는 감춰졌다. 업무성과는 고스란히 팀장의 공로가 되었다.

"말 한마디로 천 냥 빚을 갚는다"라는 속담도 있는데 그동안 고생했다 수고했다는 말 한마디가 없었다. 허탈했다. 밤새워 일하던 생각이 주마등처럼 지나가니 속상했고 힘들었다. 처음으로 '조직은 이렇게 흘러가는구나.'라며 조직의 쓴맛을 알았다. 아무리 노력해도 소용없는 조직이라 생각하니 자존감이 떨어졌다.

그러던 중에 건강에 문제가 생겼다. 갑자기 밤에 잠이 안 오고 글씨를 쓸 수 없을 정도로 손이 떨렸다. 체중도 급격히 감소했다. 병원에 갔더니 스트레스로 인한 갑상선 기능 항진증이라고 했다. 5년가량 약을 먹고 나서야 완쾌되었다.

그 일을 계기로 먼저 나를 사랑하고 나를 챙겨야 더욱 성장할 수 있다고 생각했다. 심리상담사와 상담도 받았지만 별 도움이 되지 않았다. 그쯤, 서점에서 우연히 혜민 스님의 『멈추면 비로소 보이는 것들』이란 책을 접하게 되었다. 책을 여러 번 읽고 또 읽었더니 마음에 안정이 찾아오고 편안해졌다. 글 하나하나가 나를 쓰다듬고 어루만져 준다는 느낌이었다. 직장을 계속 다닐 수 있는 정신적인 지주가 되었다.


큰딸은 살림 밑천이란 말이 있듯 큰아이는 조용히 공부만 하고 동생도 챙기며 부모를 힘들게 하지 않았다. 하지만 항상 상위권을 유지하던 아들은 원하던 대학 진학에 실패한 후, 자포자기한 것처럼 방에서 나오지 않았다. 남편이 아무리 설득해도 소용이 없었다. 직장에만 몰두하고 가정을 돌보지 못한 결과였다. 아들을 돌보지 못한 죄책감에 마음이 무거웠다. 그러던 어느 날. 남편이 출근할 때 편지 한 통을 아들에게 주었다.

"사랑하는 아들, 보아라.

방황하고 있는 너의 모습을 보고 있으니 너무나 답답하여 몇 자 적어 본다. 처음에는 공부에 지쳐서 어느 정도 시간이 지나면 좋아지겠지, 하고 마음의 안정을 찾으려 했지만 석 달이 가도 너의 태도에는 변화될 기미가 전혀 보이지 않는구나.

지금은 의학이 발달하여 사람의 평균수명이 90살, 100살까지도 가겠지만, 길다면 길고 짧다면 짧은 한 번의 인생. 지금 너의 1시간은 인생 전체의 시간에서 차지하는 비율이 엄청나게 크다는 것을 인지했으면 한다. 아빠는 1시간이 열흘 이상의 시간과 맞먹는 중요한 시기라고 확신한다. 사람은 말이야, 어떻게 생각하느냐에 따라서 행동이 달라진다. 편해지려고 생각하면 끝이 없단다. 뛰다 보면 걷고 싶고, 걸으면 앉아서 쉬고 싶고, 앉아서 쉬다 보면 누워보고 싶고, 누우면 자고 싶은 게 인간의 심리야. 너를 보고 있으면 답답해서 며칠 밤을 뜬눈으로 지새운다. 회사에 가서도 온통 네 걱정에 일할 의욕이 안 생긴다. 아빠가 희망을 품고 생활할 수 있도록 하루빨리 정신 차리고 옛날의 아들이 되어 주길 바란다.”

아들은 아빠의 편지를 보고 군대 입대를 준비해 공군이 되었다. 제대 후 대학에 진학하지 않고 경찰공무원 시험에 도전한다고 했다. 남편과 나는 최소한 대학은 나와야 하지 않겠냐고 말했다. 하지만 아들은 결심이 확고했다. 신림동 경찰 기숙 학원에 입학했다. 남편과 나는 주말마다 서울에 가서 밥하는 시간도 아깝다며 아들 집을 직접 청소하고 밥하고 뒷바라지했다. 아들은 한 번에 합격해서 경찰공무원이 되었다. 지금은 경찰공무원 10년 차로 직장 생활을 충실히 하고 있다.

산업 간호사가 되어서 아이들도 챙기지 못하며 좌충우돌했지만 그래도 꾸준히 노력하며 해냈다. 돌아보면 아이들에게도 가정에도 소홀했던 점은 아쉽다.

어떤 일이든 성공을 거두려면 공짜는 없다. 오뚜기처럼 넘어져도 일어나고 또다시 용기를 내어 앞으로 나아가면 성공을 거둔다. 어떠한 상황이 닥치더라도 늘 긍정적으로 인지하고 자기 생각을 변화시키는 게 필요하다.

# 2

# 내가 원하는
# 세상으로 나가다

강은주

누구나 살아가며 무수한 선택을 하게 된다. 간절히 원하고 바랐던 것을 거머쥐는 최고의 선택을 할 때도 있지만, 때로는 주어진 상황에서 최선의 선택을 하기도 한다. 반면 원하지도 바라지도 않지만, 어쩔 수 없는 선택을 해야 할 때도 있다.

첫 근무지는 서울 한국 병원의 응급실이었다. 간호사 면허가 있으니, 병원에 취직하는 것은 당연한 순서였다. 직업 특성상 한 치의 실수도 용납되지 않았기에 혹독한 훈련으로 정신없는 날들을 보냈다. 게다가 3교대 근무라 생활 방식도 불규칙할 수밖에 없었다. 그렇게 6개월 정도 지내보니, 그 속에서도 규칙을 발견하기 시작했다. 오히려 9시에 출근해서 6시에 퇴근하는 직장인들보다 활용할 수 있는 시간대의 폭이 넓었다. 근무 일정을 제외한 시간은 밤이고 낮이고 온전히 내 시간이었다.

대학교 때부터 버킷리스트 1호는 기타를 배우는 것이었다. 병원 근처 기타 학원에 등록하고, 시간이 날 때 자유롭게 출석하는 방식이었다. 남들 다 일하는 낮에 가니 대부분의 수업이 강사와 1:1 수업이었다. 남들과 같은 수강료를 내고 개인 지도를 받았다. 횡재한 기분이었다. 또 백화점 세일 행사 때는 사람이 없는 시간대에 한가하게 쇼핑하기도 하고, 동기들과 휴일을 맞춰 주중에 여행을 다녀오기도 했다.

밤샘 근무 후 생체 시계를 빠르게 되돌려놓는 방법도 터득했다. 밤 근무가 끝난 뒤 병원에서 아침을 먹고는 옛 단성사와 피카디리극장까지 걸어가 조조할인 영화를 본다. 그리고 집에 돌아와 씻고 나면 어느새 저녁 6시가 된다. 그때부터 다음 날 아침 6시까지 12시간 이상 숙면하고 나면 개운하게 일어나 일상으로 쉽게 복귀했다. 이렇게 나름의 지혜와 기지를 발휘하며 재미있게 지내려 했지만, 모든 게 수월하지만은 않았다.

문제는 밤 근무 후 퇴근길이었다. 출퇴근길은 2호선 을지로3가에서 영등포구청역이었다. 을지로3가는 환승역이다. 내 퇴근길은 일반 직장인들의 출근 시간대였다. 늘 사람이 많아 지하철을 한두 대쯤 보내고 나서야 탈 수 있었다. 그마저도 당시에 문 앞에 있던 역무원, 이른바 '푸시맨'이 밀어주면 짐칸에 물건 실리듯 밀려 간신히 타곤 했다. 시청역을 지날 때까지는 내 몸 하나 똑바로 서 있기 힘들었다. 버티고 버티다 운 좋게 자리에 앉으면 졸음이 밀려들었다. 어느 순간 눈을 번쩍 뜨면 내릴

역을 두세 정거장 지났다. 되돌아오는 지하철을 갈아타고 졸다가 눈을 뜨면 또 내릴 역을 지나쳤다. 그렇게 한강 위의 당산철교를 왔다갔다 반복했다. 그러다 보면 자신이 처량하게 느껴졌지만, 그 삶을 벗어나야겠다는 생각은 하지 못했다. 그러던 어느 날, 예상치 못한 일이 있었다.

그날도 밤 근무를 마친 날이었다. 근무 내내 의자에 한 번 앉지도 못하고 퇴근하던 날, 어김없이 푸시맨의 도움을 받고 지하철에 몸을 실었다. 그날따라 사람이 더 많게 느껴졌다. 갑자기 지하철이 급정거하면서 밀려 누군가와 부딪히게 되었는데, 상큼하고 시원한 향기가 훅하고 밀려 들어왔다. 고개를 들어 보니 나와 부딪힌 사람은 동성의 또래였다. 뽀송뽀송한 얼굴에 긴 생머리, 푸른 계열의 정장을 입은 정갈한 모습이었다. 순간 내 모습이 생각났다. 코에서는 단내가 나고, 얼굴은 건조해서 땅기고, 떡 지고 엉킨 머리. 나 자신이 한없이 초라하게 느껴졌다.

그 일 후에도 일상이 크게 바뀌진 않았다. 정해진 3교대 일정을 사명처럼 여기며 성실히 보냈다. 그런데 이상하게도 밤 근무 후에 퇴근할 때면 어김없이 그때의 상큼한 향이 계속 내 코끝에 맴돌았다.

'왜일까? 한번 스쳐 간 순간일 뿐인데, 왜 이렇게 오랜 잔상으로 남아 있는 걸까?'

다른 전공과 달리 간호학의 최종 목표는 '간호사 면허'이다. 마치 수학 공식처럼 간호학을 전공하면 '간호사, 병원, 3교대'가 한 세트처럼 묶여 따라왔다. 나 역시 당연하게 임상간호사로 일했고 오직 병원만이 내 세상인 것처럼 여기며 살았다. 그런 내게 지하철 사건이 첫 번째 전환점이었다. 이 일을 계기로 나는 진지하게 현재와 미래를 생각해 보게 되었다.

일찍부터 나는 평생 일하기로 마음먹었다. 그래서 자신에게 물었다.
'지금 네가 하는 일을 평생 할 수 있겠니?'
'아니, 밤 근무는 자신 없어. 다른 길을 찾아봐야지.'
'그럼 어떤 걸 할 수 있는데?'
마치 기다렸다는 듯 폭풍처럼 질문을 쏟아냈다. 그리고 오래 걸리지 않아 결론을 맺었다. '준비는 3년, 목표는 간호직공무원이다.' 일명 '병원 탈출 프로젝트'를 시작했다. 이때부터 집, 병원, 도서관을 오가며 단순한 일상을 보냈다.

그러던 어느 날, 퇴근 후 도서관에 가려는데, 노조위원장으로부터 오후에 사무실을 지켜달라는 부탁을 받았다. 책을 펴 놓고 앉아 있는데 노조위원장의 손님이 찾아왔다. 이전 병원에 같이 근무했던 동료였단다. 명함을 받고 그분의 직장과 관련된 이야기로 짧게 담소를 나눴다. 얼마 후 연말이 되어 연하장을 보내려는데 딱 한 장이 남는 것 아닌가. 누구에게 보낼지 수첩을 뒤적거리는데 그 손님의 명함이 나왔다. 그날의 대화가 기억나 보낼 목록에 그분을 추가하였다.

   

어김없이 새해가 되었다. 나의 일상은 그대로였고, 병원 탈출 프로젝트도 여전히 진행 중이었다. 근무 중에 나를 찾는 전화가 와서 받았다. 어디선가 들어 본 목소리였다. 몇 달 전, 연하장 목록 마지막에 추가한 그 손님이 전화를 준 것이다. 그분은 연하장을 잘 받았다는 인사와 함께 본인 직장에서 간호사를 모집하는데 이직할 의사가 있는지 물어왔다. 근무조건은 9시 출근, 6시 퇴근에 빨간날은 모두 휴무, 급여 조건도 나쁘지 않았다. 비록 간호직공무원은 아니었으나 원하던 모든 조건이 충족된 자리였다. 망설일 이유가 없었다. 간호사로 입사한 지 2년 6개월 만에 '병원 탈출 프로젝트'는 성공적으로 막을 내렸다. 이직한 곳에서 나는 생각해 본 적 없었던 새로운 길을 걷게 되었다.

인생에는 수많은 선택이 있다. 어쩔 수 없는 선택 같았던 첫 직장은 나에게 홀로서기와 책임감을 가르쳐주었다. 주어진 환경에 순응하면서도, 그 안에서 삶의 질을 높일 수 있다는 걸 배웠다. 만약 현실에 굴복하는 심정으로 살았다면, 순간 스친 향수 냄새를 그저 초라함이라는 감정으로만 남겨두었다면, 작은 인연 하나를 소홀히 여겼다면, 지금의 나는 없었을 것이다. 무엇이 되었든 삶을 재정립할 기회로 삼았기에 간호사로 시작한 나의 길이 산업보건이라는 전문성을 확장하는 방향으로 이어질 수 있었다.

하나의 선택은 결코 하나의 결과로 끝나지 않는다. 또 다른 선택으로 이어진다. 어쩔 수 없는 선택도, 최선인 선택도, 최고의 선택도 모두 나의 일부가 된다. 매번 최고의 선택만 하고 살 순 없지만 좋은 선택으로 만들 수는 있다. 바로 내가.

 우리는 병원 밖에서 일하는 간호사입니다

# ‖ 3 ‖

## 인생은 계획대로가 아니라, 선물처럼 온다

남경숙

나는 공학도가 되고 싶었다. 화학공학을 전공하여 연구원으로 일하는 공학도의 삶을 꿈꿨지만, 인생은 뜻대로 흘러가지 않았다. 간호학과에 진학한 후 해부학, 생리학 등 기초과학에 흥미를 느껴 전공과목도 열심히 공부했다. 그러나 임상 실습을 하면서 진로에 대하여 갈등했다. 중환자실에서 삑삑 울려대는 기계음 소리, 인공호흡기에 의지한 환자의 거친 숨소리, 긴장감이 감도는 상황들. 환자의 상태는 실시간으로 변하기도 했고 생명은 몇 초 만에 급박하게 바뀌기도 했다. 응급상황이 발생하면 모든 의료진이 숨 가쁘게 움직이며 강한 어조로 빠르게 의사를 주고받았다. 숨 막힐듯한 분위기에 큰 압박감을 느꼈다. 과연 적성에 맞는지 고민하게 했다. 이 직업이 나에게 맞는 것일까? 그 질문은 실습 내내, 그리고 졸업이 가까워질 때까지 나를 따라다녔다. 그런 고민 속에 방황과 갈등을 반복하며 간호사가 되었다.

입사했던 병원은 산부인과 전문병원으로 간호 실습 때처럼 응급상황은 드물었다. 그러나 육체적으로 고된 일과 환자와 보호자로부터 받는 감정노동이 더해져 정신적으로 힘들었다. 하루하루 몸도 마음도 지쳐갔다. 밤과 낮이 뒤섞인 교대근무는 힘들었다. 실험실 책상 앞에서 조용히 연구에 몰두하는 꿈을 꾸었던 나는 간호사로서 임상이 아닌 곳에서 할 수 있는 일을 찾게 되었다. 그러던 중 신문에서 스포츠센터 간호사를 모집한다는 채용 공고를 보았다. 적극적으로 구직 활동을 한 끝에 의무실 간호사로 일하게 되었다. 당시의 산업 간호업무는 지금과 비교하면 단순했다. 산업 간호의 중요성에 대한 인식이 없었고 법적으로 필요한 인력을 채우는 수준에 불과했다. 그래서 간호와 상관없는 행정 일도 맡아야 할 때가 있었다. 의무실 간호사로서 할 수 있는 최선의 방식으로 스포츠 센터회원들과 근로자들의 건강을 돌보고 간호사의 존재 가치와 역할을 증명하고자 노력했다. 작은 상처 하나 단순한 상담 하나라도 최선을 다했다. 그때가 지금까지 산업 간호라는 길을 걷게 된 첫 계기가 되었다.

이후 결혼하고 육아하면서 자연스럽게 경력에 공백이 생겼다. 그러던 중 간호조무사 학원에서 강사를 모집한다는 공고를 보게 되었다. 어릴 적 웅변대회에서 입상했던 경험도 있고 사람들 앞에서 말하는 것이 두렵지 않았다. 지원하여 시간 강사로 근무했다. 처음엔 단순히 내가 배운 지식을 수강생들에게 그대로 전달하면 된다고 생각했다. 하지만 막상 가르치는 자리에 서 보니 배우는 사람과 가르치는 사람은 생각보다 많은 차이가 있었다. 1시간 강의를 위해 하루 이상 준비해야 했다. 단순한 지식 전달이 아닌 학습자의 눈높이에 맞는 설명과 강의 구성 수강생들의 반응까지 확인해야 했다. 학생들이 이해하기 쉽게 전달하려고 간호학을 다시 공부했다.

봄과 가을 국가고시 준비 기간에는 시간 강사 수업이 중단되었다. 정규직으로 안정적인 근무를 할 수 있는 자리를 찾던 중 S 복지재단 산하 어린이집에서 보건교사로 근무하게 되었다. 이곳은 만 1세부터 5세까지의 영유아를 보육하는 기관이다. 감기나 수족구병 등 전염성 질환이 있음에도 등원해야 하는 아이들이 있었다. 그 아이들을 격리 보육하고 가정에서 보내온 약을 시간에 맞추어 투약해야 했다. 안전교육, 예를 들어 약물, 교통, 소방 안전, 성교육까지 담당했다. 만 1세부터 5세 반에서 교육하기에 나이별로 교육방식을 달리해야 했다.

특히 만 1세 반에서 약물 안전교육을 진행할 때는 간호조무사 학원에서 강의하던 때보다 더 큰 긴장감이 몰려왔다. 어떤 방법으로 이 어린아이들에게 교육할 수 있을까? 교육이 가능하기나 할까? 기저귀도 떼지 못한 아이들은 울며 기어다녔다. 아무도 들어주지 않는 교실에서 나는 줄을 당기는 대로 움직이는 막대 인형이 된 것 같았다. 관심 없는 관객

앞에서 혼자서 애쓰는 어릿광대가 된 기분이었다.

어떤 방식으로 교육해야 아이들의 관심을 끌 수 있을까 고민했다. 약병, 세제 병, 요구르트 병, 우유 팩 등 실물을 보여주며 먹을 수 있는 것과 먹을 수 없는 것을 구별하는 방법부터 가르쳤다. 첫해 3월 교육에서 아이들은 전혀 반응을 보이지 않았다. 그러나 시간이 흘러 그해 12월에는 한두 명의 아이가 관심을 보이고, 반응하기 시작했다. 이 경험은 교육의 중요성을 되새기게 했다. 교육은 느리지만, 반드시 의미 있는 변화를 만들어 낸다는 것을 말이다.

대한산업보건협회에서 산업 간호사로 일하면서 사업장의 대표나 관리감독자들에게 이렇게 이야기한다. "근로자들이 보호구를 착용하지 않는다면 포기하지 말고 계속 교육하세요! 그리고 먼저 시범을 보이세요. 그러면 어느 순간 근로자들은 달라져 있을 거예요."라고 말이다. 어린이집 보건교사로서 겪었던 반복의 중요성과 교육이 행동을 바꾼다는 사실을 생각하며 산업현장의 안전과 재해를 줄이기 위해 일했다.

간호사로서 임상 외의 다양한 현장에서 일해 온 경험을 되돌아보면 늘 교육이라는 공통점이 있었다. 현장에서 직접 환자를 돌보는 대신 배우고 교육하고 변화시키는 과정이었다. 그래서였을 것이다. 나는 한 번도 공부를 멈춘 적이 없었다. 새로운 환경 대상 방식으로 간호를 바라보며 끊임없이 배우고자 했다. 때로는 원하지 않았던 길에서 나를 더욱 단단하게 성장시키기도 했다.

공학도의 꿈을 접고 간호사의 길을 선택했지만, 그 선택은 나에게 선물과도 같은 시작이었다. 비록 내가 계획했던 삶은 아니었으나, 그 안에서 내가 진짜 잘할 수 있는 일과 오래 하고 싶은 일을 발견하게 되었다.

## ‖ 4 ‖

# 버텨낸 시간은
# 배신하지 않는다

배경숙

1985년 2월 이른 아침, 학교가 아닌 병원으로 첫 출근을 해야 했다. 머리맡에 둔 자명종 벨 소리가 시끄럽다. 벌써 일어나야 할 시간이라니!

"빨리 일어나! 아침 먹고 출근해야지." 엄마의 성화에 못 이겨 겨우 눈을 떴다.

나는 간호대학 과정을 마치고, 졸업식도 하기 전에 성빈센트병원에 조기 취업 되었다. 졸업식을 한 달 앞둔 취업이 마냥 좋기보다는 신나게 놀지 못한 서운함이 더 컸었다.

첫 근무지는 성빈센트병원 수술실이었다. 대기 기간 없이 병원 근무를 바로 시작했다. 수원에 있는 성빈센트병원에는 우리 학교 동기생 열두 명이 합격했다. 같은 반 친구 점순이와 함께 수술실 생활을 시작하게 되었다. 간호 학생 때는 학생 활동도 열심히 하고, 나름 학교생활을 잘 꾸려나갔는데 병원 입사 후 1년 정도는 긴장의 연속에 실수투성이였다.

신입 때는 요즘 말하는 '태움'도 겪느라 수술실 일이 정말 고되었다. 근래 태움이란 단어가 심각한 사회문제가 됐는데 예전에도 있었다. 선배가 후배에게 간호 기술을 알려주는 과정에서 심하게 질책하거나 선배로서 기선을 잡으려는 것이었다. 나는 마음 단단히 먹고 꾹 참아냈다. 최소 5년 이상은 버텨야 경력도 인정받는다. 다니던 병원을 그만두더라도 다른 일자리를 알아볼 수도 있고, 돈을 모아 시집도 갈 수 있기 때문이었다. 성빈센트병원에는 동문 선배들이 많아 타교 출신들보다 적응이 쉬웠다. 그렇게 나는 10년 3개월을 병원 수술실에서 근무했다.

"잠시 주무시고 일어나면 수술 끝나 있을 테니 너무 걱정하지 마세요!" 의료진이 수술실 침대 위로 환자를 눕힌다. 마취과 의사는 전신마취를 시키고 집도의 중심으로 모든 의료진이 수술에 집중한다. 죽고 사는 문제가 달려있어서 수술실 일이 더 힘들고 긴장된 순간이 많았다.

요즘엔 내시경으로 수술하여 시간이 훨씬 빨라졌지만 80년대 위암 개복수술은 보통 4시간 이상 걸렸다. 오전 9시부터 시작해서 오후 1시는 넘어야 수술이 끝나니 제때 점심을 먹기 힘들었고 수술이 길어지면 간호사끼리 손을 바꿔 식사를 챙겨야 했다.

수술 중 수술기구를 전달하기 위해 간호사는 긴장해야 했다. 바늘에 실크 3번을 빠르게 꿰어서 전달을 시작하면 속도를 맞추느라 손이 바들 바들 떨리기도 했다. 위장을 절제하고 남은 위와 소장을 연결하는 과정에서 많은 봉합실이 필요했다. 수술 중에 큰 혈관이 터져 피가 멈추지 않거나 예상 밖의 응급상황이 발생하면 의사는 흥분하고 조급해진다. 인턴이나 간호사가 긴장해서 실수라도 하면 버럭 화를 내고 수술기구를 던지기도 했다. 집도의는 더 크게 소리 지르며 다급하게 기구를 달라고 재촉했다.

"아! 왜 이렇게 늦게 줘요. 빨리빨리 3번 바늘 실!" 그리고 [1]이리게이션이 이어진다. "물이 너무 뜨겁잖아요? 장 다 데겠어. 썩션 썩션 해야지 에이…." 하면서 집도의는 손발이 맞지 않는다며 간호사를 째려본다.

시선을 피하면서 수술기구를 만지작댔다. 내 심장은 빠르게 뛰었다. 눈치 빠른 [2]서큐레이터는 잔잔한 음악을 작게 틀어주면서 수술실의 긴장된 분위기를 덜어주기도 했다.

평소에는 환자에게 수술 과정 설명도 잘하고 친절한 의사인데 수술만 들어오면 성질이 고약해진다. 환자를 위해 참을 수밖에 없다고 생각하면서도 나는 심히 화가 난다.

어렵게 일하고 월급을 받는 날, 몇 해 동안 월급날만 되면 월급봉투를 가방에 잘 숨겨 넣고 서둘러 택시를 타고 집에 가곤 했다. 버스를 타고

---

[1] 수술 부위를 생리식염수로 세척하는 과정
[2] 수술 중 새로운 기구나 재료가 필요할 때 도와주는 간호사

출퇴근하면서 소매치기를 목격한 적이 있었다. 그래서 그날은 버스가 아닌 택시를 타고 가는 거였다. 월급봉투를 드리면 기뻐하는 엄마의 얼굴에 내 기분도 덩달아 기뻤다. 1980년대 월급을 봉투로 받던 시절의 일이다.

친구 결혼식 들러리로 참석했다가 지금의 남편을 만나 1년 정도 사귄 후 서른 살에 결혼하게 되었다. 결혼 후 첫아이를 임신하였다. 임신한 채 병원 일 하기는 쉽지 않았다. 아침을 거르고 빈속으로 일을 하는 날이 많았다. 수술실 특성상 오랜 시간 앉지 못하고 서서 일해 힘들었다. 빈속에 배가 고파서 커피에 넣는 각설탕 몇 개를 입에 털어 넣고 오전 수술을 버티곤 했다. 뱃속 아기는 얼마나 더 배가 고팠을까? 지금도 큰 아들 혁이를 보면 미안한 생각이 든다.

형과 동생은 세 살 터울로 집 근처 어린이집을 함께 다녔다. 형제를 같은 어린이집에 보내면서 서로 의지할 수 있겠다는 생각에 조금 안심이 되기도 했다.

작은아들 동준이 두 돌 조금 넘었을 즈음의 추운 겨울날이었다. 점심 시간, 아이들이 한참 밥을 먹는 시간인데 형도 모르는 사이에 동생 동준이 혼자서 밥도 먹지 않고 어린이집을 빠져나왔다. 그리고 조원동 시장 거리를 맨발로 헤매면서 아장걸음으로 걸어 다녔다. 다행히 아이를 발견한 행인이 동사무소에 데려다 놓았다. 지금 생각해도 그 행인이 생명 같은 은인이다.

동사무소에서 스피커로 미아 부모 찾는 방송을 했단다. 방송을 들은 동네 슈퍼 아줌마가 남편에게 연락해 한걸음에 동사무소 숙직실에 달려갔다. 동준이는 동사무소 숙직실 작은 방에서 흙 묻은 맨발에 얼굴은 벌겋게 달아오르고 콧물과 눈물이 뒤범벅된 채 잠이 들어 있었다. 남편은 찾았다는 안도의 한숨을 내쉬며 동준이를 들쳐 안고 집으로 데려왔다고 한다. 그때까지 어린이집 원장님은 동준이가 없어진 것도 몰랐다는 사실에 더 화가 났다. 그날 이후 우리는 좀 더 규모가 크고 시설이 괜찮아 보이는 송원어린이집으로 옮기게 되었다.

당시를 회상하면 지금도 미아가 될 뻔한 순간이 눈에 그려져 가슴이 조마조마하고 오그라드는 느낌이 든다. 얼마나 놀랐던지!

남편은 퇴근 후 집에 돌아오면 집 안 청소와 아이들 목욕을 함께 했다. 성장 시기에 맞춰 필요한 장난감이나 자동차, 자전거, 신발, 책 그리고 학교 과제물을 나보다 더 꼼꼼히 챙겨주곤 했다.

남편의 도움과 아이들 이해 덕분에 나는 일을 포기하지 않고 정년까지 올 수 있었다. 일과 대학원 공부를 병행하면서 2012년 2월 간호학 석사과정까지 무사히 마칠 수 있었다. 가족의 도움 없이는 불가능한 일이었다. 일하느라 아이들 돌보는 시간이 부족해서였는지 모르지만, 아이들에게 지나치게 집착하거나 간섭하지 않았다. 일이 생기면 스스로 해결하도록 기다려 주었다. 그 덕분인지 부모인 우리에게 의지하지 않고 독립해서 잘살고 있다. 버티고 기다려 온 시간은 나를 배신하지 않는다는 것을 알게 되었다.

# ‖ 5 ‖

## 산업보건이
## 내 삶이 되기까지

신계숙

대학 졸업한 후, 나는 병원 간호사로 사회에 첫발을 내디뎠다. 모든 게 낯설던 사회 초년생 시절, 여러 면에서 어설펐다. 동료와 선배 관계 또한 쉽지 않았다. 나의 실수로 환자에게 불편을 주지는 않을까 하는 걱정에 늘 불안한 마음으로 하루하루를 보냈다. 그럼에도 간호사라는 직업이 주는 보람은 분명했다. 치료를 마치고 건강한 모습으로 퇴원하는 환자들과 진심 어린 감사를 전하는 보호자들을 마주할 때면 간호사로서 자부심을 느꼈다. 그러한 순간들 덕분에 6년을 묵묵히 이어갈 수 있었다.

하지만 시간이 흐를수록 불규칙한 3교대 근무와 감정노동은 부담으로 다가왔다. 그 무렵 지금의 남편을 만나게 되었다. 결혼을 결심한 뒤, 안정적이고 규칙적인 근무 환경을 갖춘 새로운 직장을 찾겠다고 마음을 먹었다. 새로운 일을 찾기는 생각보다 쉽지 않았다. 그러던 중 퇴사한 옛 동료를 만나, '산업보건'이라는 새로운 분야를 알게 되었다.

1996년, 그렇게 나는 산업보건이라는 분야에 도전했다. 20대 후반이라는 나이였음에도 여전히 성격은 소심했고, 낯가림도 심했다. 입사 전에는 '잘해 보자'라는 다짐과 용기가 있었지만 처음 접하는 업무와 낯선 사람들 앞에서 한없이 위축되었다. '한 달만 참고 버텨 보자'라는 마음이 유일한 버팀목이었다.

당시 정부는 소규모 사업장을 대상으로 무료 지원 사업을 시행하고 있었다. 전문 기관에 위탁하여 간호사와 산업위생기사가 사업장을 방문해 보건지도를 하는 방식이었다. 보건지도 내용은 보호구 착용과 직업병 예방 등, 일터의 기본적인 건강관리에 관한 것이었다.

그 무렵 '산업보건'은 사업주와 근로자들에게 생소한 개념이었다. 사업장에 전화를 걸어 방문 일정을 조율하려고 하면 매번 거절당하곤 했다.

그런 가운데 나를 따뜻하게 맞아주던 한 사업장이 있었다. 그곳은 도림천 인근의 소규모 크롬 도금 공장이다. 불과 네 명이 일하는 작은 현장이었지만, 지금까지도 내게는 특별한 의미로 남아 있다. 나의 첫 산업보건 간호사의 업무가 바로 그곳에서 시작되었기 때문이다.

7월 말, 무더운 여름날이었다. 간호사임을 알리듯 흰 가운을 입고, '이 일만큼은 잘해 보자'라는 마음으로 가장 아끼는 옷과 구두를 골라 신었다. 떨리는 마음으로 공장에 들어섰을 때, 내가 마주한 현장은 병원과는 전혀 다른 세계였다. 공구들은 정리되지 않은 채 여기저기 널브러져 있고, 기름때가 곳곳에 묻어 있었다. 울퉁불퉁한 바닥과 매캐한 냄새에 잠시 머물기에도 힘들었다.

순간적으로 발걸음을 돌리고 싶다는 생각이 스쳤다. 머뭇거리던 그때 사장님이 환한 얼굴로 나를 맞아주었다. 이곳을 빨리 떠나고 싶다는 생각보다, 이 현장을 외면하지 말아야 한다는 책임감이 더 크게 다가왔다. 작업장 점검을 시작했다. 작업환경은 안전에 대한 대비가 전혀 돼 있지 않았다. 근로자들에게 기본적인 보호구조차 지급되지 않은 상태였다. 작업장 현황을 기록하고 정리하기 위해 사무실로 향했다. 사무실은 출구와는 반대 방향의 어둡고 깊숙한 공간에 있었다. 안전에 대한 확신이 들지 않았다. 그렇지만 사장님의 호의를 거절할 수 없어 조심스레 따라 들어갔다.

사무실에 들어서자, 사장님은 한여름과는 어울리지 않은, 가장 깨끗한 실내용 털 슬리퍼를 내주었다. 순간 당황스러웠지만, 따뜻한 배려로 마음이 편안해졌다. 털 슬리퍼는 낯선 환경에서 '불안'보다 '사람'을 보게 하는 따뜻한 마음을 건네주었다. 마음을 가다듬고 보고서를 작성하며, 작업장 환경의 문제점을 정리했다. 보호구 착용의 중요성, 유해한 물질인 크롬이 인체에 미치는 영향을 설명했다. 그 과정에서 자연스럽게 사장님의 이야기를 듣게 되었다. 사장님은 초등학교 졸업 후 가정 형편상 중학교 진학 대신 공장에 취직했다. 그 일이 크롬 도금 일이었다. 그 길로 20년 넘게 기술을 익혀 본인의 공장을 갖게 되었다. 하지만 오랫동안 크롬 증기를 반복적으로 흡입한 결과로, 코 가운데 연골에 구멍이 생기는 '비중격 천공'이라는 직업병을 앓고 있다.

그런 이야기를 들으며 마음이 무거웠다. 유해한 물질에 전혀 노출되지 않는 작업환경을 만드는 것은 현실적으로 쉽지 않다. 하지만 작업환경을 개선하고 보호구를 제대로 착용하면 위험을 충분히 줄일 수 있다. 무엇보다 중요한 것은 예방하는 일이다. 그것이야말로 직업병을 막는 가장 효과적인 방법이라고 강조했다.

다시 작업 현장을 둘러보았다. 소규모 사업장은 대부분 가족 단위로 일한다. 이곳 역시 사모님이 함께 일하고 있었다. 공장 한편에서는 어린 아이들이 뛰어놀고 있었다. 그 모습을 보며 유해한 작업환경이 단순히 근로자 개인만의 문제가 아니라, 가족 전체의 안전과 연결되어 있다는 사실을 더욱 실감하게 되었다.

아쉬움과 염려를 안은 채 보건지도를 마쳤고, 사장님의 배웅을 받으며 공장을 나섰다. 다른 부서로 자리를 옮긴 뒤에도 오랜 기간 시간을 내어 그 공장을 다시 찾곤 했다. 현장의 변화를 살피고, 안부를 묻고, 짧은 인사를 나누는 일은 내게 소중한 시간이었다.

지금은 그 공장 흔적이 남아 있지 않다. 아파트 단지와 공원으로 완전히 바뀌었다. 비록 작은 시도였지만, 산업보건이라는 개념과 보건지도를 통해 그곳에 작은 변화 하나는 남길 수 있었다. 그 변화는 단순히 작업환경 개선에 그치지 않고, 일터에서의 건강을 넘어 가족들의 삶을 다시 돌아보는 계기가 되었다.

일이 버겁고 지칠 때면 초여름의 뜨거운 공기와 매캐한 냄새, 기름 묻은 바닥, 그리고 배웅해 주던 사장님의 미소를 떠올린다. 그 착하고 성실했던 사장님과 사모님, 그리고 공장 한편에서 천진난만하게 뛰놀던 아이들은 어떤 삶을 살아가고 있을지 가끔 궁금해진다.

이제 산업보건은 내 인생의 큰 부분을 차지한다. '한 달만 버텨 보자'라던 그날의 다짐은 여전히 생생하다. 스커트에 구두 신고, 어색한 표정으로 공장을 방문하던 젊은 날의 나도 문득 떠오른다. 그렇게 시간이 흘러 어느덧 30년이 지났다. 이제는 업종만 들어도 현장의 작업환경이 자연스레 그려진다. 이러한 전문성은 현장에서 직접 보고 듣고 경험하며 쌓아온 시간에서 비롯되었다.

나는 안전보건교육 강사로 활동하고 있다. 보건관리 업무 경험을 바탕으로 강사로 성장하며 자신감도 키웠다. 나는 열악한 상황을 스스로 관리해 나갔던 크롬 사업장 이야기로 강의를 시작할 때가 많다. 그 이야기는 사업주와 근로자 모두가 자신의 일터를 스스로 안전하게 만들 수 있다는 사실을 일깨우는 강력한 출발점이 된다.

달라이 라마는 "작은 행동이 큰 변화를 만든다."라고 말했다. 작은 실천 하나가 결국 현장을 바꾸고 삶을 개선한다. 무더운 여름날, 나를 따뜻하게 맞아주었던 작은 크롬 도금 공장이 그런 변화의 상징이다.

이렇게 나의 산업보건 이야기는 한 작은 공장에서 시작되었다. 이후의 30년은 현장을 완벽하게 바꾸지 못하더라도 위험을 인식하고 예방의 씨앗을 심는 일이었다. 그것이 바로 산업보건 간호사가 할 수 있는 가장 중요한 역할임을 깨달아 온 시간이었다.

‖ **6** ‖

# 두 번째 출근,
# 산업 간호사로 살아가기

이미숙

'나는 무엇을 위해 직장을 그만두어야 했는가?'

간호학과 졸업과 동시에 직장 생활을 시작했다. 1990년 봄, 병동 간호사로 처음 출근하던 날의 기억은 지금도 또렷하다. 길가에 쌓인 새하얀 눈 옆에서 수줍게 고개를 들고 있는 초록빛 새싹들과 함께 나는 첫 직장으로 출근했다. 기대와 설렘, 그리고 두려움이 뒤섞였다. 3교대 근무는 나에게 잘 맞았다. 힘든 밤 근무도 내 손길을 기다리는 환자들로 숨 쉴 틈 없이 바빴지만, 그만큼 업무에 대한 만족도가 높았다. 휴무일에는 그동안 해보고 싶었던 취미 활동과 여행으로 바쁘게 추억을 쌓아가다 보니 어느덧 결혼의 문턱에 서 있었다. 결혼하려니 시댁에서는 내조에 신경 써 줄 것을 은근히 바라고 있었다. 결국 2년간 다닌 직장을 정리하게 되었다.

첫째 아이를 출산하고 6개월쯤 지났을 즈음 직장 시절이 그리워졌다. 예전에 직장인이었을 때 당당했던 내 모습이 지금의 아내이자 엄마로서의 모습과 너무 달라 초라하게 느껴졌다. 아이를 친정엄마에게 맡기고 간호사로 다시 사회생활을 시작했다. 환자를 돌보고 가사일을 병행하며 병원 간호사로 8년을 근무했다.

둘째 아이 임신 중이었다. 첫째 아이는 내가 밤 근무로 출근하는 것을 싫어했다. "동생은 엄마랑 같이 병원 가는데 나도 같이 가고 싶다."라며 자주 떼쓰고 울었다. 힘든 밤 근무를 견디는 것은 일이 아니었지만, 첫째 아이가 밤에 엄마가 집에 없으니 불안해하는 모습을 볼 때마다 마음이 아팠다. 97년 무렵만 해도 지금처럼 복지가 잘 돼 있지 않았다. 출산휴가가 두 달이었던 시대였다. 지금 생각하면 친정엄마가 있어 가능한 일이었다.

첫째 아이가 초등학교에 입학하면서 다시 퇴사를 고민해야 했다. 엄마가 워킹맘인데 아이가 혼자 잘 적응할 수 있을지 염려가 되어서였다. 아이 곁에서 더 많이 사랑하고 싶었다. 또다시 시간이 지나면서 전업주부로 지내는 시간은 무기력하고 답답하게 느껴졌다. 시간이 지날수록 남들보다 뒤처진다는 생각에 견디기 힘들었다.

직장을 다닐 때는 업무에 대한 자긍심이 있었는데, 전업주부로서 나는 이러한 감정을 남편과 아이들에게 인정받고 싶어 했다. 그러다 보니 가족 간에 마찰이 잦았다. 남편과 아이에게 인정받는 엄마와 아내가 되고 싶고, 사회에서도 능력을 마음껏 펼치고 싶었다. 그렇게 힘든 시간을 보내고 있을 무렵 운명처럼 대한산업보건협회를 알게 되었다.

2002년 1월, 다시 첫 출근을 하였다. 이제 '산업 간호사'라는 이름으로 대한산업보건협회에서 근로자들의 건강을 관리하게 되었다. 병원에서 환자를 돌보던 일과는 전혀 달랐다. 주된 업무는 사업장 근로자들의 건강상담과 작업환경 관리였다. 근로자가 건강한 상태를 유지하며 안전하게 일할 수 있도록 도움을 주는 일이었다.

그해 소규모 사업장의 보건지도가 제도화되면서 평생 할 일을 시작하였다. 막연히 쉽게만 느껴지던 일이 업무 시작과 함께 스트레스로 다가왔다. 당시만 해도 내비게이션이 보급되지 않아 작은 사업장을 찾아가는 일부터 쉽지 않았다. 간판도 없는 사업장 '파란색 대문이 있는 집'. '세 번째 골목 끝 집' 같은 설명만으로 사업장을 찾아다녀야 했다. 사업장을 찾지 못해 종종 경찰서에 도움을 받기도 했다.

첫 방문 사업장인 S 섬유는 환경이 너무 열악했다. 당시 사업장은 좁은 공간에서 많은 기계를 사용해 기계음이 매우 컸다. 방음이나 흡음 처리는 당연히 없었다. 옆 사람과 대화도 귀에 대고 큰 소리로 말해야 알아들을 수 있었다. 회사 사장은 장기간 강한 소음에 노출되어 소음성 난청이 진행되면서 영구적으로 청력이 상실되었다. 일상 대화가 어려울 정도였다. 이 시기에는 영세 소규모 사업장에서는 작업환경 관리에 대한 인식조차 없었다. 현장 근로자들은 귀마개 대신 목화솜을 귀에 꽂고 작업하고 있을 정도였다.

K 지역 가구 공장을 방문했을 때의 일이다. 가구 공장 특성상 목 분진이 많다고 생각했지만, 나의 상상을 초월했다. 공장 안은 문과 창문이 모두 열려 있었지만, 조그마한 공장의 끝이 보이지 않을 정도로 먼지가 자욱했다. 근로자들의 얼굴은 목 분진과 땀이 뒤섞여 누가 누구인지 알아볼 수조차 없었다. 이러한 환경 속에서도 근로자들은 커피를 마시고 있었다. "우리는 먼지를 많이 마시니 일주일에 두 번은 삼겹살을 먹어서 먼지를 씻어 낸다."라고 자랑스럽게 이야기했다. 사업주에게 환기 시설을 설치하고, 모든 근로자에게 방진 마스크를 지급해야 하며, 목재를 절단하는 공정은 소음이 크기 때문에 귀마개를 지급해야 한다고 여러 번 지도했다. 하지만, 사업주는 옛날부터 이렇게 작업해 왔고, 본인도 이렇게 일했는데 아무 문제 없었다며 개선하지 않았다.

수많은 사업장을 지도하면서 나는 점점 위축되고 지치기 시작했다. 내 마음처럼 일이 쉽게 풀리지 않았다. 보건지도를 하면서 사업주와 의견 충돌도 많았다. 근로자와 논쟁도 많았다. 평일에는 잠을 이루기 힘들었고, 주말이 되면 긴장감이 풀리면서 종일 잠만 자며 몇 년을 보냈다. 남편은 그렇게 힘들면 그만두라고 수없이 이야기했다. 아이들도 엄마가 피곤해 보이니 점점 거리가 멀어졌다. 하지만, 나는 포기할 수 없었다. 내가 이렇게 변한 이유를 찾아야만 했다. 혹시 나의 지도 방법에 문제가 있는 건 아닐까? 목화솜으로 귀마개를 대신하고, 삼겹살로 먼지를 씻어 내어도 아무 문제가 없었다는데, 내가 너무 민감하게 지도하는 것은 아닐까? 나의 능력이 부족한 것은 아닐까?

처음부터 다시 시작했다. 돌아보니 보건지도 방법은 질병 중심이었다. 그래서 고혈압, 당뇨병, 이상지질혈증, 간 기능 등을 위주로 상담했다. 하지만, 당시에는 근로자가 일하다 다치면 근로자 책임으로 돌리고, 근로자는 스스로 일을 할 수 없으면 회사를 그만두었다. 그러니 아무리 건강을 관리해야 한다고 설득해도 사업주의 마음을 움직이게 하는 데는 한계가 있었다. 나는 다시 공부하기로 마음먹었다. 산업보건학을 배우게 되면 보건 측면과 사업장의 환경적인 측면을 한눈에 볼 수 있다.

시간이 흐르면서 근로자들의 태도뿐만 아니라 경영진의 인식도 개선되었다. 교육과 상담에서 단순히 보호구 착용을 강조하는 것을 넘어, 왜 그것이 중요한지에 대한 과학적 근거와 사례를 들어 설명하기 시작했다. 특히 소음, 분진, 화학물질 등 보이지 않는 위험은 시간이 지나서야 증상이 보이듯, "오늘의 작은 실천이 내일의 건강을 지킨다."라는 메시지를 꾸준히 전달했다. 이런 과정에서 근로자들이 자발적으로 보호구를 착용했다. 서로에게 보호구 착용을 권하는 모습을 보았을 때 비로소, 현장의 안전보건 문화가 자리 잡아가는 것을 실감했다.

일과 가족! 내 삶의 전부이다. 하나를 위해 다른 하나를 포기하지 않아도 된다. 과정은 힘들었지만, 지나고 보니 우리 아이들도 엄마를 존경한다고 한다. 누군가가 가족을 위해 사랑하는 직장을 포기하고 싶다면 그런 선택은 하지 않았으면 한다. 나의 삶, 아내로서의 삶, 엄마로서의 삶, 이 모든 것은 함께 누릴 수 있다.

내가 그렇게 했듯이. 나는 지금 여기에 있다.

‖ **7** ‖

## 결석이 알려준
## 간호의 중요성

이은미

오늘도 물을 마시며 하루를 시작한다. 보통 사람들이 하루를 시작하는 평범한 방법이지만 나에겐 특별한 이유가 있다. 결석이 잘 생기는 체질인데 물을 잘 마시지 않기 때문이다. 체질이라고 한 이유는 돌아가신 친정아버지가 결석으로 고생하셨고, 큰오빠도 몸속에 결석이 있어 조심하고 있기 때문이다. 아버지는 다행히 수술 없이 결석이 자연적으로 밖으로 빠져나오고, 오빠도 결석으로 병원에 입원한 적은 없었다.

건강검진에서 몸속에 결석이 두 개 있다는 것을 알게 되었다. "하나는 커서 자연적으로 빠져나오기는 어려울 것 같네요. 병원에 가서 깨서 나오게 해야 할 것 같습니다."라는 설명을 듣고도 병원에 가지 않았다. 20년 전에도 비슷한 일이 있었지만 깨지는 않았었다. 그때 결석으로 통증이 심해 담즙까지 토하며 밤새도록 고생했다. 아침 7시에 구급차 타고 병원 가는 동안 차가 조금만 흔들려도 칼로 베이는 듯한 고통을 간신히 참고 응급실에 도착해 진료받았다. 검사 결과 전날 극심한 통증과 고통

속에 자연적으로 결석이 몸 밖으로 빠져나왔다.

2023년 9월 6일 심폐소생술 교육을 받고 귀가 중 허리가 아프기 시작했다. 평소에도 힘들거나 무리하면 아파서 고생했었다. 8시간 동안 이론과 실습수업을 받느라 무리해서 그런가 하고 가볍게 생각했다. 시간이 지날수록 통증을 참을 수 없었다. 전철 바닥에 주저앉아 견디면서 겨우 집에 도착했다. 허리 통증이 더는 참을 수 없을 만큼 지속됐다. 통증으로 담즙까지 토해 내어도 고통은 없어지지 않았다. 견디기 어려운 진통을 참고 아침 6시에 다니던 병원에 갔지만 코로나 이후 응급실을 운영하지 않았다. 진료 시간까지 기다릴 수 없어 집으로 돌아왔다.

아침 8시 50분에 가장 빨리 여는 비뇨기과 병원에 갔다. 심한 고통 속에 기다리는 진료 시간은 유럽을 왕복할 만큼 길게 느껴졌다. 진료 대기 시간 중에도 나는 화장실을 빈번하게 왔다 갔다 했다. 나는 점차 의식이 혼미해지며 정신을 잃어 갔다. 남편은 그때부터 불길한 생각이 들었다고 했다.

40도 이상 고열이 있었다. 의료진 질문에 대답도 하지 못했다. 정신을 잃어 대학병원으로 옮겨야 했다. 응급실 안은 각기 다른 응급상황의 환자들로 발 디딜 틈 없었다. 나는 고열에 혈압도 내려가는 긴박한 상태라 짧은 시간 대기 후 응급실 침대에 누웠다. 응급처치 후에도 극심한 통증이 계속되었다. 열이 떨어지지 않아 고통스러워하자 의료진들도 당황하기 시작했다.

"결석을 빨리 제거해야 열이 내리고 혈압이 올라갈 텐데." 낮은 혈압과 고열로 수술을 결정하지 못하는 의료진의 고민 속에 나는 생사의 갈림길에 서 있었다. 응급실 침대에서 12시간 지나 병실로 올라왔다. 응급상황에 대비하느라 처치실에서 기다리던 하루가 느리게 갔다. "중환자실에 갈 환자를 병실로 올려보냈네." 의료진의 볼멘 목소리는 혼미한 의식 속에서도 또렷하게 들렸다.

의식과 무의식 속 멀리에서 누군가 다리를 빨리 건너오라고 손짓하며 부르는 소리가 들렸다. 따라가면 이승을 떠나는 길인가 생각이 들었다. 나는 순간 두려움이나 공포는 없었고 행복한 삶을 살았다는 감사한 마음만 느껴졌다. 다리를 바라보며 건널지 말지를 고민하던 중 너무나 아픈 고통으로 놀라 깨어보니 내 몸 여기저기에 연결해 놓은 기계들에서 경고음이 울리고 빨간불이 켜져 내가 응급상황임을 알렸다.

나는 급하게 남편을 깨워 의료진을 불러달라고 했다. 의료진들이 처치실에 달려와서도 긴급상황을 인지하지 못했다. 담당 의사를 빨리 불러달라고 있는 힘을 다해 소리쳤다.

의료진은 빠르게 조치했고 나는 생명줄을 또다시 강하게 잡을 수 있었다. 혈압 140/90mmHg은 정상인 기준으로는 크게 문제가 되지 않을 수 있다. 혈압이 떨어져 혈압상승제 투여하는 상황에서는 혈관에 문제

가 생길 수도 있지만 담당의는 큰 문제가 없다고 나를 안심시켰다. 응급
상황이 지나가고 정신이 들었을 때 심한 갈증을 느꼈다. 수술로 금식해
야 해서 나는 한 모금 물로 입안을 헹구며 갈증을 달래야 했다. 입안으
로 살짝 흘러 들어간 작은 물방울은 꿀보다 더 달콤했다.


　요관과 요도가 결석으로 막혀 열이 올라갔다. 열로 인해 혈압은 계속
낮아지면서 원인을 알 수 없는 패혈증으로 진행되었다. 우리나라 사망
통계 9위인 패혈증은 사망률이 높은 질환이다. 의료진들은 시간을 지체
하면 심정지로 사망할 수 있는 응급상황이라 의사는 어떻게든 결석을
빨리 꺼내 주겠다며 나를 안심 시켰다. 수술을 위한 검사 결과 다행히
심장 기능은 정상이라 마취하기로 결정되어 수술하게 되었다. 응급실
입원 후 30시간이 지난 오전 10시 수술실로 들어갔다.
　이전에 근무했던 부서가 수술실이라서 크게 긴장은 되지는 않았다.
의료진의 친절한 설명과 마취로 나는 쉽게 수면에 들었다. 수술 후 무사
히 병실로 돌아왔다. 수술만 하면 2~3일 후 바로 퇴원할 줄 알았다. 결
석은 몸 밖으로 나오기만 하면 보통은 문제가 없기 때문이다. 결석이 요
관을 막아 소변이 배출되지 않았고, 그사이 균들이 내 몸 곳곳에 자리
잡아 백혈구 수치가 올라 계속 열이 났다. 항생제와 진통제로 통증을 없
애 보려 했지만 열은 계속 났고 통증도 사라지지 않았다. 입원 기간도 1
주에서 2주로 연장됐다. 나는 빨리 퇴원하기 위해 피나는 노력을 했다.

회복해서 집으로 돌아가기 위해 새벽부터 주사를 꽂은 채 2시간 이상 병원 안을 걸으며 운동했다. 2주 후 퇴원할 수 있었다.

결석으로 인한 통증은 처음에는 양옆 허리 뒤쪽에서 시작된다. 작은 통증은 커지고 말로 표현하기 어려울 만큼 심하다. 심하지 않더라도 통증이 시작되면 빨리 병원에서 진료받아야 한다. 검사 결과 결석이 있다면 몸 밖으로 나올 수 있는 크기 인지 체외충격파 쇄석술을 할 수 있는지 확인해야 한다.

한번 생긴 사람은 결석이 또 생길 수 있다. 지난번처럼 자연적으로 몸 밖으로 나올 것이라는 생각은 하지 말아야 한다. 결석도 사람들처럼 모양과 성격이 다 다르다. 더 큰 통증으로 고생하기 전에 병원에 빨리 가는 것이 가장 기본적인 응급대처 방법이다. 결석 예방 및 관리를 위해서 충분한 수분 섭취도 중요하다.

산업 간호사는 산업현장에서 건강한 근로자들을 대상으로 1차 예방 사업을 하는 보건관리자다. 결석을 소홀하게 다루었던 탓에 죽음의 문턱까지 경험한 나의 이야기는 그 후 관리감독자 교육에 좋은 사례로 다룬다. 나쁜 습관을 정확하게 들여다보고 건강한 습관을 유지하도록 돕는 산업 간호사로서 지금도 건강 전도사 역할을 충실히 하고 있다.

아팠던 나의 경험 덕에 질환에 관한 정보가 부족한 현장 근로자들에게 살아있는 보건교육을 더 잘할 수 있다. 몸이 보내는 작은 이상 신호도 즉시 대응해야 하며 좋은 습관을 매일 실천하는 것만이 건강을 지키는 지름길임을 전하고 싶기 때문이다.

오늘도 나는 결석 예방과 관리를 위해 물 마시며 하루를 시작한다.

## ‖ 8 ‖

# 내 삶 속의
# 산업보건 이야기

전춘자

산업 간호사로서 현장에서 오랜 기간 일한 경력 덕에 신규 보건관리자를 대상으로 역할에 대해 강의한 적이 있다. 본 강의 들어가기 전 사회 초년생일 때 나의 실수투성이 사건을 이야기해 주었다. 누구나 나와 같은 상황에 놓일 수 있기 때문이었다. 사업장 방문에 늦었던 일, 보건교육 강사로서 강의 내용에 대해 준비 없이 강의하다가 얼굴 붉힌 일, 당일의 행정업무에 치여 근로자의 마음 건강까지 헤아리지 못했던 일, 변화하는 산업보건 패러다임에 적응하지 못한 채 업무에 임했던 일 등 수없이 많았다. 나의 실수를 거울삼아 같은 일을 되풀이하지 않았으면 해서였다.

90년 초 보건관리 대행 제도가 시작될 때부터 현재까지 많은 변화가 있었다. 제도와 함께 나의 사고도, 삶을 대하는 자세도 달라졌다. 나만의 세계에 집중했던 내향인에서 주위 환경에 맞추어 적극적으로 상황을 바라보는 외향인 성격으로 변했다. 세월이 흐르고 회사 내에서 직책이 올랐다. 자연히 후배가 늘어나면서 나를 돌아보게 되었다. 팀 목표를 달성하기 위해서는 내가 먼저 적극적인 모습으로 임해야 했다. 그래야만 팀원들을 설득할 수 있었고 원하는 결과를 얻을 수 있음을 시간이 많이 지난 후 알 수 있었기 때문이다. 처음 입문하는 보건 관리자에게 솔선수범이라는 덕목을 말해주고 싶었다.

보건관리 대행 업무는 대표적으로 세 가지 업무를 수행한다. 첫째 근로자의 건강관리, 둘째 작업환경으로부터 직업병 예방, 셋째 사업주의 산업안전보건법 준수 현황을 지도 조언한다. 입사 당시였던 90년대 초반의 우리나라 산업의 형태는 1차산업인 제조업이 주를 이루고 있었다. 지금이야 산업의 형태가 다양해지고 직업군도 많이 늘었지만, 당시만해도 대부분이 제조업이었다. 근로자들의 근무 상황도 교대근무와 장시간 근무가 많았다. 열악한 현장에서는 대표자나 근로자들 모두 산업안전보건법을 지키기가 어려웠다. 제대로 이행하지 않으면 사업장은 관할청으로부터 과태료를 받게 된다. 이런 문제가 생기면 대표자나 업무 담당자를 관할청에서 소환한다. 또한 보건관리 업무를 지도 조언하였던 보건관리자도 업무 소홀에 관해 책임을 물을 수 있다.

실제로 사업장은 산업안전보건법에 나열된 이행 사항을 지키기가 쉽지 않았다. 시간적, 공간적 문제뿐만 아니라 인력도 부족하여서 업무 수행하기가 어려웠다. 이런 상황을 뻔히 알면서도 제대로 하고 싶은 욕심에 대표자 또는 근로자들에게 필요 이상으로 주의를 주기도 했다. 다행히 아무런 사고도 일어나지 않았다. 덕분에 외부에서 볼 때 일 잘하는 사람으로 비쳤다. 크고 작은 실수와 미숙했던 업무였지만 지금 생각해 보면 다행이고 감사한 일이다.

사업장 관리를 위해 여러 가지 업무를 해야 하는 대행 업무가 버거웠다. 입사한 지 5년 6개월 만에 퇴사하였다. 간호사로서 병원에 대한 동경을 떨쳐버릴 수 없었다. 임상 간호사를 다시 하기로 나 자신과 타협하며 퇴사를 결정하였다. 보건관리 대행이라는 일이 얼마나 매력적이고, 나에게 맞는 일이었는지 대한산업보건협회에 있을 때는 몰랐다. 보건관리 대행 일이 내 적성에 맞는 이유는 내가 사람을 아주 좋아한다는 거다. 사람과 사람 간의 소통을 좋아하고, 그 속에서 생기는 문제를 해결하는 것에 성취감을 느끼기 때문이다. 그까짓 소극적인 성격, 부끄럼은 아무것도 아니었음을 퇴사할 때는 몰랐다.

운 좋게도 보건관리 대행을 다시 할 수 있게 되었다. 안전보건공단의 소규모 사업장 지원 사업이었다. 보건관리 대행 경력자만이 가능하다는 조건에 부합하여 대한산업보건협회에 환대받으며 재입사를 했다. 결심했다. 이제는 그런 사소한 이유로 내가 좋아하는 일을 놓치지 않겠다고.

 

그리고 얼마 지나지 않아 승진하였다. 중간관리자가 되고 보니 보건관리자의 덕목이 얼마나 중요한지 알게 되었다. 업무를 대하는 나의 자세가 후배들의 업무 잣대가 되고 있음을 알았기 때문이다.

관리했던 사업장의 사례이다. 평소 사업장의 분위기는 왠지 모르게 경직되어 있었다. 그날은 1년에 한 번 있는 신체검진이 있는 날이었다. 아침 일찍 검진 시간에 맞추어 방문하여 검진에 필요한 준비가 잘 되었는지 사전 확인을 하고 있었다. 검진 주기가 적당한지, 검진 대상에 누락 된 사람이 있는지, 추가 검진은 언제 할 것인지. 최근 신규 입사자는 그에 적합한 검진을 했는지, 간호사가 챙겨야 할 일이었다.

갑자기 사장님이 보건관리자를 불렀다. 최근 신규 입사자 중 배치 전 검진이 누락 되었으니, 검진 결과를 배치 전 검진으로 만들어달라고 하는 것이다. 어이없는 주문이었다. 규모가 있는 업체 대표의 요구사항이라 잠시 고민하였다. 말하자면 오늘의 검진 결과를 배치 전 검진 결과로 만들어달라는 이야기였다. 이미 유해한 환경에서 작업 시작한 지 한 달이 지난 입사자를 말이다. 배치 전 검진이 왜 필요한지 설명해야 했다. 엄격하기로 소문난 사장님에게 잘 말씀드릴 수 있을지 걱정이 앞섰다. 보건관리자의 주요 업무임에도 겁부터 났다. 시기를 놓친 검진이지만 지금이라도 바로잡아야 한다고 말해야 했다. 입사 일자를 고치고, 배치 전 검진이 아닌데도 배치 전 검진이라고 결과가 나간다면, 우선 근로자를 위한 행동이 아니라고 말했다.

사장님은 보건관리 위탁 기관을 다른 기관으로 알아보겠다고 으름장을 놓았다. 자기의 요구사항을 원하는 대로 해결해 주지 않는 것에 화를 냈다. 보건관리 대행은 이 지역에서 대한산업보건협회가 가장 우수한 기관이라고 말했다. 사실이 그러했다. 대한산업보건협회에서 제가 가장 유능한 간호사라고, 유능한 사람에게 보건관리 위탁을 맡길 것인지, 보건관리 대행의 역사가 짧은 다른 기관에 업무를 맡길 것인지 사장님이 결정하시라고 용감하게 말했다. 지금 생각하면 무슨 배짱인지 모를 용기이었다. 잘못은 알았을 때 바로 잡아주는 것이 우리 업무라고, 같은 일이 다시 발생하지 않도록 하는 것이 우리 업무라고 천천히 단호하게 말했다. 대행 계약 해지를 통해 사업장을 잃게 되면 사업에 지장이 생기는 절박함에 진정성을 실어 말했다. 결국에 사업장 관리는 그대로 지속하게 되었고 사장님은 전 아무개 간호사로 인해 대한산업보건협회라는 기관을 알 기회였다고 오랜 기간 얘기했다.

또 다른 사업장 사례이다. 유독 고혈압 근로자가 많은 사업장이었다. 매월 방문할 때마다 혈압수치에 대해 체크가 정확한지 의문을 품고 결과를 쉽게 받아들이지 않는 분들이 있었다. 일하기 좋은 현장 분위기를 위해 적당하게 혈압수치를 조정해 버릴까? 잠시 생각했었던 적이 있었다. 매월 이러한 일들이 거듭될 때 간호사로서 업무에 지치기도 하기 때문이다. 타협하지 않기로 했다. 환경에 따라 혈압수치 변화에 대해 짧고 명료하게 말해주었다. 몇몇은 여전히 불만을 품은 채 간호사 만나기를 거부하였다. 시간이 흐르고 사업장 보건관리 간호사가 바뀌었다. "전 아무개 간호사가 진정 우리를 위해 일했구나."라며 나를 그리워했다는 후문이 들렸다. 순간순간 나의 결정이 옳았음을 알 수 있었다.

보건관리자는 업무 원칙을 고수하고자 하는 의지가 없다면 무너지기 쉽다. 때론 주변에서 쉬운 방법을 요구하기도 한다. 그래도 흔들림이 없어야 한다. 보건관리자는 사람의 생명을 다루는 일을 하고 있으며 지금 괜찮다고 하더라도 쉽게 내린 나의 결정이 부메랑이 되어 어려운 상황에 놓일 수 있기 때문이다. 일에 자부심과 열정과 소신을 더한다면 오랫동안 현장을 지키는 보건관리자가 될 수 있을 것이라 믿는다.

**‖ 9 ‖**

# 바람을 이기는 나무가
# 단단해진다

정진희

바람을 이기는 나무가 단단해진다. 내 삶은 무엇을 꿈꾸기도 전에 나를 단련시켰다.

나는 일곱 남매의 막내로 태어났다. 막내라는 말에는 어딘가 보호받는 이미지가 있다. 그러나 어린 시절 나를 보살펴준 사람은 나이 많고 농사일에 바쁜 부모님 대신 큰오빠와 새언니였다. 학교에 제출하는 생활기록부 보호자 칸에는 늘 아버지 성함 대신 큰오빠의 이름이 적혀 있었고 사춘기의 낯선 순간에도 새언니가 엄마처럼 곁에 있었다. 첫 생리를 시작했을 때 조용히 다가와 필요한 것을 챙겨주고 다정하게 말을 건네던 새언니의 따뜻한 손길이 아직도 기억에 남는다. 그렇게 언니 오빠들 속에서 사랑을 배웠다. 그 시절엔 형제들이 막내를 돌보는 일이 흔했다. 그런 평범한 일상에서 나는 가족이라는 울타리가 얼마나 단단한지 알았다.

고등학교 진학을 앞두고 나는 인문계로 가고 싶었다. 그러나 엄마는 상업고등학교에 진학해서 은행에 취직해 시집가라고 하셨다. 누구보다 가난한 우리 집 현실을 잘 아셨기 때문이다. 그 말은 내 마음을 무겁게 만들었다. 나는 방구석에서 시무룩하게 앉아 있었다. 그때 큰오빠가 나에게 말했다.

"진희야! 네가 하고 싶은 대로 해. 오빠가 대학도 보내줄게."

오빠의 그 한마디는 나에게 큰 선물이었다. 오빠가 나의 가능성을 믿어준 것이었다. '믿어준다는 것' 그것보다 더 큰 선물이 어디 있으랴! 그러한 오빠의 믿음으로 인문계 고등학교에 진학하였고 대학교도 갈 수 있었다.


그러나 대학 합격 후 오빠가 하던 사업이 점점 어려워졌다. 나는 스스로 길을 찾아야 했다. 열심히 공부하여 일부 장학금을 탔고, 아르바이트를 통해 나머지 학비와 생활비도 벌었다. 기말고사가 끝나면 친구들이 부산으로, 경포대로 바다 여행을 떠날 때 나는 피부과에서 피 묻은 구멍 포까지도 빨았다. 점심시간이면 설렁탕 뚝배기 여섯 개가 담긴 커다란 쟁반을 나르는 일도 하며 묵묵히 해 나갔다. 꿈을 이루기 위한 길이었다. 공부하고, 아르바이트하느라 때로는 지쳐 쓰러질 만큼 바빴다. 그러면서도 과 대표까지 하면서 열심히 살고 있는 나 자신이 대견스러웠다. 잘 버티고 있다는 사실! 그 버팀이 언젠가 나를 더 큰 세상으로 이끌어 주리라 믿으며 버텼다.

대학 졸업식 날 학사모를 쓴 내 모습을 본 엄마의 눈가에 눈물이 맺혔다. 큰오빠와 새언니는 내 이름이 불리자, 자리에서 일어나 가장 큰 환호와 박수를 보내주었다. 그동안 어려움을 극복한 시간이 전혀 헛되지 않았다는 것을 알았다. 가난했고, 외로웠고, 때로는 눈물겨웠지만, 그 모든 시간은 나를 단단하게 해주었다. 누군가의 진심 어린 격려의 말 한마디가 인생을 바꿀 만큼 큰 힘이 될 수 있다는 걸 깨달았다.

졸업하던 해 2월 서울 적십자 병원에서는 그해 계획된 정원 50명을 한꺼번에 채용했다. 나는 바로 입사할 수 있었다. 그때 같이 졸업한 친구 중에는 12월까지도 연락을 기다리는 친구들이 있었는가 하면 다음 해까지도 자리가 없어 발만 동동 구르던 친구들도 있었다. 또한 이력서를 들고 이 병원 저 병원 면접을 보는 친구들도 많았다. 그런 현실을 마주할수록, 내 성취가 얼마나 값진 것인지 절실히 느낄 수 있었다. 첫 출근 하는 날에 '간호사 정진희'라는 명찰을 가슴에 달고 머리에는 간호사 캡을 쓴 채 내과 병동에 섰던 순간의 긴장과 설렘은 지금도 선명하다. 그렇게 간호사로서의 안정된 수입이 보장된 나의 생활이 시작되었다. 비록 3교대 근무는 쉽지 않았지만, 환자의 미소 하나, 고맙다는 짧은 인사 한마디가 하루의 피로를 모두 씻어주었다.

어느 날, 나이트 근무를 마친 후 버스 타고 집으로 돌아가던 길이었다. 옆자리 아주머니가 조심스레 말을 걸었다.

“병원에서 일하시죠? 머리에서 크레졸 냄새가 나네요.”

순간 부끄럽기도 했지만, 곧 마음 한쪽에서 알 수 없는 당당함이 일어났다. 그 시절 크레졸은 병실 바닥 소독용으로 사용했었다. 그런 크레졸 냄새는 단순한 약품의 냄새가 아니라, 내 하루가 스며 있는 향기였다. 병원에서 흘린 땀과 책임, 그리고 누군가의 생명을 위해 보낸 나의 흔적이 그 냄새에 스며 있었다.

아주머니의 말이 마음속에 오래 남았다.

세월이 흐른 후 나는 또 다른 이름인 간호사에서 한 남자의 아내로, 그리고 두 아이의 엄마로 불렸다. 가정을 돌보면서 일을 하는 것은 쉽지 않았다. 그럴 때마다 오빠의 “네가 하고 싶은 거 해.”라고 했던 격려의 말이 언제나 나를 지탱하게 했다. 그 말은 내 삶의 가치관 형성에 영향을 주었다. 그 믿음을 아이들에게 그대로 건네주었다.

나도 우리 아이들에게 오빠가 내게 해주었던 그 말처럼 “괜찮아, 하고 싶은 거 해.”라고 격려와 믿음을 주게 되었다.

“엄마 덕분에 낯선 곳에서도 잘 버틸 수 있었어요. 엄마가 믿어주신 덕분이에요.”

미국에서 박사학위를 받고 박사 후 과정 중인 아들은 이렇게 고마움과 감사의 메시지를 보내왔다.

석사학위를 받고 뉴욕 맨하탄 한복판에서 피부과 진료를 하며 K-뷰티를 알리는 딸 역시, 힘들 때마다 위로와 응원을 해주었던 엄마 덕분에 오늘의 자신이 있다고 말했다.

아이들은 엄마 덕분에 사랑이 무엇인지 알고, 마음이 따뜻한 사람으로 자랐다고 했다. 메시지 속 따뜻한 문장들을 읽으며 어려움을 잘 극복해 가는 아이들이 대견스럽고 자랑스러워 뭉클했다. 나는 그저 "괜찮아, 잘하고 있어."라고 말하며 믿어준 것뿐이지만 그 믿음은 아이들이 바람 앞에서도 흔들리지 않도록 지탱해 준 뿌리가 된 것 같아 뿌듯했다.

대추가 저절로 붉어질 리는 없다. 어떤 변화도, 어떤 성취도 저절로 이루어지지는 않는다. 그 안에는 천둥과 벼락, 그리고 태풍도 함께 한 것이었다. 거센 바람이 불어야 나무는 더 깊이 뿌리 내리는 법이다. 시련은 우리를 쓰러뜨리는 것이 아니라 더 깊게 중심 잡고 버티게 만드는 것임을 안다. 그래서, 주변 사람들에게도 바람이 불어 흔들릴 때면 가장 먼저 힘이 되어 주고 싶다. 넘어지려고 할 때, 살짝 등을 받쳐주며. "괜찮아, 할 수 있어."라고 조용히 응원해 주는 사람. 혼자 힘들게 버티지 않도록 곁을 지켜주는 사람. 말보다 마음으로 믿음을 건네는 사람. 크게 돕지 않아도 함께 있어 주는 것만으로 힘이 되는 사람. 그렇게 누군가의 삶에 따뜻한 사람이 되려고 한다.

‖ **10** ‖

# 사람을 만난 만큼,
# 나는 달라졌다

최숙형

우리는 태어나 몇 명의 사람을 만날까? 어떤 연구에서는 태어나서 평생 약 8만 명과 스쳐 지나간다고 한다. 하루에도 수많은 얼굴을 마주하지만, 그중 누군가의 말, 누군가의 표정이 오래 마음에 남을 때가 있다. 마치 모래사장에서 반짝이는 조약돌 하나를 줍듯. 어쩌면 인생은 몇 명을 만났느냐가 아닌 누구와 진심으로 만났느냐가 더 중요할 것이다.

대학 졸업 후 수술실 간호사로 3년을 보냈다. 수술실은 매 순간이 생과 사의 경계 위에 선 긴장된 무대였다. 수술실에 들어오는 환자들의 긴장되고 절박했던 눈빛이 선명하다. 뇌출혈로 희망이 없던 환자가 12시간의 수술 후 회복되어 건강하게 퇴원하시는 분도 있지만 수술 후 중환자실에서 병실로 가지 못한 환자 등 안타까운 경우가 많았다. 그중 30년이 지난 지금도 선명하게 기억나는 환자가 있다. 14세 소년이 오토바이를 타다가 사고로 뇌사 판정을 받고 장기기증 수술한 경우다. 장기 적출 수술을 위해 수술대에 누워있던 소년은 편안히 잠자고 있었다. 어제까지 친구들과 웃으며 뛰어놀았을 소년의 생동감 넘치는 모습이 눈앞에 그려졌다. 수술은 시작해서 순식간에 끝났다. 안구, 간, 신장, 아킬레스건 등 장기들이 빠져나간 소년의 모습은 처참했다. 소년의 보호자는 알코올중독자 아버지가 전부였던 상황이라 마지막 모습이 더욱 안타까웠다. 소년을 통해 삶과 죽음이 종이 한 장 차이라는 것을 알았다. 그날 이후 나는 인간의 생명이 얼마나 가볍고도 무거운지 깨달았다. 3년 동안의 병원 생활은 인간이 얼마나 쉽게 무너질 수 있는지를 보았다. 동시에 그 안에서 다시 살아나려는 회복력의 의지가 얼마나 강한지를 가르쳐준 학교였다.

산업보건 분야로 들어온 나는 또 다른 세상을 만났다. 병원 생활은 급류 같았다. 하지만 산업보건은 잔잔히 흐르는 강물 같았다. 매일 새로운 사람들을 만나고 새로운 산업현장을 보고 경험하는 일은 호기심 많은 나에게 즐거운 일이었다. 다양한 현장을 돌아보며 우리가 일상에서 사용하고 있는 생활용품들과 온갖 부품을 만드는 제조업, 통신과 가스, 우리나라 기반 산업을 관할하는 공공기관 등 다양한 직종을 직접 보고 경험했다. 이곳에서 만난 사람들은 오늘을 살아가고 있었다. 분진 속에서도 웃고, 소음 속에서도 서로를 부르며 일상을 땀으로 하루를 빚어내는 사람들. 산업보건은 그분들의 소중한 일상을 유지할 수 있도록 곁에서 지켜주는 자리였다. 병원은 생명을 되찾는 곳이었고, 산업보건은 삶을 지켜내는 곳이었다.

산업보건을 통해 다양한 직군의 사람들을 만났다. 사무실에서 일하는 관리자, 생산직 근로자, 연구실의 기술자, 현장의 안전 관리자, 사장님 등 그들은 저마다 다른 입장에서 산업보건을 이해했다. 대표적인 사례로 채용 시 건강검진이 있다. 사업주는 건강한 근로자를 채용하기를 원하여, 건강검진으로 최종 임용 결정을 하기도 한다. 일부 검진자는 검사 결과에 대한 수정을 요구하며 애원하거나 협박하는 사람도 있었다. 한 젊은 청년의 경우는 부모님이 찾아와 검진 결과의 수정을 요청하기도 했다. 가끔 흉기를 들고 와서 건강검진을 잘못했다고 협박도 했다. 당사자는 인생이 달라질 수 있는 일이기에 안타까움이 더했다.

산업보건을 시작하며 가정적으로도 안정될 수 있는 좋은 환경이 되었다. 아이가 있는 상태에서 교대근무는 큰 부담이지만, 보통 사람들처럼 규칙적인 생활을 할 수 있는 점은 워킹맘으로서는 커다란 장점이었다. 병원에서 아픈 사람을 돌보는 일은 정신적으로나 육체적으로 힘든 일이었다. 하지만 산업보건은 다양한 사람과 만남을 통해 에너지를 얻었다. 다양한 사람을 만나며 인간에 대한 이해의 폭이 넓어지고 협력과 소통하는 방법을 배워갔다. 병원에서는 주로 의사와 간호사, 보호자와 환자 등 제한된 관계를 맺게 된다. 하지만 산업보건에서는 안전 관리자, 근로자, 현장 감독자 등 서로 다른 이해관계를 가진 사람들과 조율해야 했다. 이 과정에서 건강과 안전은 혼자의 힘이 아니라 여러 협력 속에서 지켜진다는 사실을 절실히 배웠다.

돌아보면 병원에서의 3년은 나를 단단하게 만들었고, 산업보건의 시간은 내 시야를 넓히고 여유를 더해 주었다. 결국 두 경험은 사람을 더 깊이 이해하는 간호사로 성장하게 했다. 다양한 만남이 없었다면 나는 여전히 좁은 틀 안에서만 세상을 바라봤을 것이다. 하지만 이제 사람을 환자, 근로자라는 이름이 아닌 각기 다른 삶의 이야기를 가진 존재로 바라보려 한다. 어떤 환경에 있든 인간은 결국 이해받고 싶어 하는 존재이다. 이 깨달음은 내 직업을 넘어 삶 전반을 바꾸었다. 사람을 대하는 눈빛, 말을 고르는 방식, 심지어 나 자신을 바라보는 태도까지 돌아보게 했다.

간호사의 길은 병원에만 머무르지 않는다. 나에게 산업보건은 간호사의 두 번째 길이었다. 그 길 위에서 만난 수많은 이들은 나를 더 성숙하게 만들었고 세상을 보는 눈을 넓혀 주었다. 병원이 내게 생명의 경이로움을 가르쳤다면, 산업보건은 삶의 지속 가능성을 가르쳐 주었다.

 우리는 병원 밖에서 일하는 간호사입니다

우리는 어떤 길을 가든 수많은 환경과 사람을 만난다. 그 만남 속에서 각자는 서로 다른 무게를 지니고 살아간다. 중요한 건 그 무게를 판단하는 일이 아니라, 서로의 무게를 이해하려고 노력하는 자세다.

우리가 만나는 사람들은 모두 나를 빚는 손길이며, 나 또한 누군가에게 작은 흔적을 남기는 존재이다.

수많은 별이 모여 하나의 거대한 우주를 이루듯, 우리 역시 서로를 비추고 연결되며 더 넓은 세상을 만들어 간다. 오늘 마주한 누군가를 있는 그대로 바라보고, 그 순간을 진심으로 대하는 것, 그것이 내가 30년간 간호사의 길에서 배운 가장 소중한 깨달음이다.

# 일의 중심에서 나를 지키기

병원을 떠난다는 선택은 도망일 수도, 전환일 수도 있다. 이 부록은 그 차이를 가늠해 보기 위해 스스로에게 던져보아야 할 질문과 고민을 정리했다.

### 1. 병원 밖을 선택하기 전, 스스로에게 던진 질문들

1) 이 선택은 회피에 가까운가, 전환에 가까운가?

2) 나의 강점은 관계에 있는가, 일의 구조에 있는가?

3) 지금의 나는 안정과 성장 중 무엇을 더 필요로 하는가?

## 2. 선배들이 병원을 떠나게 된 결정적 이유

1) 야간·교대근무가 반복되며 생활 리듬과 건강이 무너졌다.

2) 일을 잘할수록 업무는 늘었고, 실수에는 즉각적인 질책이 따랐다. 잘
   해도 당연한 일이 되었다.

3) 미래의 내가 보이지 않았다. 이 일을 10년, 20년 계속할 자신이 없었다.

4) 그만두고 싶다는 생각이 사라지지 않았다. 순간적인 투정이 아니라
   매일 반복되었다.

## 3. 병원 밖 간호, 이런 사람이 맞습니다

☐ 도전과 배움을 멈추지 않는 사람

☐ 상대방의 말을 끝까지 들을 수 있는 사람

☐ 업무에 대한 자신만의 소신을 갖되, 고집불통은 금물

☐ 마음이 열려 있고 긍정적인 사람

# 병원 밖에서 간호하는 산업 간호사

## ‖ 1 ‖

# 보건관리 전문가라는
# 이름을 다시 얻기까지

강명희

2002년 4월 대한산업보건협회 보건관리부 입사 후, 2년간 산업안전보건공단 용역사업만 꾸준히 계속했다. 조금 지루했다. 다른 직원이 하는 보건 대행 업무를 하고 싶었다. 그런 와중에 산업보건에 대해 업무를 지도해 준 선배가 다른 부서로 갔다. 서운했지만 같은 센터의 다른 부서라서 자주 볼 수 있어 그나마 다행이었다.

팀장에게 2005년도에는 보건 대행 업무를 하고 싶다고 말했다. 업무에 대한 열정과 의지를 어필하고 업무 변경을 요청했다. 2005년에는 요청한 대로 보건 대행 업무를 하게 되었다. 업무를 열심히 해서 승진을 빨리하고 싶은 욕구가 생겼다.

상사나 주변 사람에게 인정받기 위해 수익이 되는 사업에 뛰어들어 열심히 했다. 2005년부터 시작된 각종 컨설팅사업, 독감 등 접종사업, 50인 이상 대행 사업장을 확장하기 위해 노력했다. 경영자협회를 방문해서 사업장 명단과 주소 규모가 수록된 책도 구매했다. 사업장 명단을 취합해서 보건관리 위탁 안내 공문도 전송하고 사업장 방문하여 섭외하는 등 사업장도 확장했다.

공문을 보낸 사업장에서 어느 날 전화가 왔다. "여보세요. 우리 사업장이 50명이 초과하여 보건관리 위탁을 맡기고 싶어요." 나는 바로 운전해 사업장에 가서 대행 시 업무 내용, 대행 수수료를 안내한 후 계약을 체결했다. 계약서 결재받을 때 날아갈 듯했다.

특히 향남제약단지, 발안산업단지, 평택 포승산업단지 등 많은 사업장이 모여있는 단지를 집중적으로 관리했다. 대행 방문이 끝나면 단지 내 사업장 보건 업무 담당자를 만나 섭외도 하고, 정기 모임에도 참석하여 꾸준히 사업장 확장에 노력을 기울인 결과 계약도 많이 체결되었다.

2009년에는 본부에서 내려온 간호사 팀장이 우리 부서 팀장으로 왔다. 업무처리 능력이 뛰어나고 특히 엑셀 함수를 이용해서 빠르게 업무 처리하는 모습을 보고 나도 엑셀을 배워야겠다고 생각했다. 옆자리의 신규 입사 후배 간호사도 팀장만큼 엑셀 함수, 문서 작성 능력이 뛰어났다. 두 사람은 엑셀의 달인이었다. 월보나 업무 결과 취합 때 수기로 해서 시간도 오래 걸리고 정확하지 않았다. 그들은 함수를 사용해서 단시간에 업무를 처리했다. 그래서 나도 엑셀 함수를 배우고 싶었다. 따로

학원 갈 시간이 없어서, 엑셀, 파워포인트(PPT) 책을 구매해서 퇴근 후 집에서 독학했다. 모르는 게 있으면 후배 간호사에게 물어봐서 해결하고 매일 집에서 밤새워 공부했다. 엑셀 함수가 이렇게 재미있고 적성에 맞는지 몰랐다. 새로운 나를 발견했다. 아마도 두 엑셀 달인이 우리 부서로 오지 않았다면 숨어있는 나의 재능을 찾지 못했을 것이다. 지금도 함수를 실생활에서도 사용하고 있다. 2009년~2010년 사이에 있었던 신선한 충격이 업무를 흥미롭게 하는 계기가 되었다. 이후 보건관리부 대행 업무 총괄을 할 때 미리 배운 엑셀 업무가 도움이 되었다.

보건관리 대행 업무 수행할 때 여러 가지 어려움이 있다.

대행 방문 시 사업장 보건 업무 담당을 회피하는 경우가 많다. 산업보건에 대해 비전문가가 전문 분야를 담당하니 어렵고 힘든 건 당연하다고 생각했다. 부서 팀장이 담당하기도 하지만 근무 연수나 직책이 낮고 경험이 없는 직원을 담당으로 지정하는 데도 많다. 건강상담 대상자를 호출하면 "왜 해야 해요? 지금 바빠서 못가요."라고 하면서 상담에 응하지 않는다. 건강검진을 1년에 1회는 꼭 받아야 하는데 제대로 받지 않아 업무 담당 직원을 힘들게 한다. 갑자기 고용노동부 근로감독관이 사업장 점검을 나온다고 연락이 오면 담당자는 혼란에 빠진다. 보건 관련 서류 작업도 어려움이 있어 도움을 요청한다. 매월 방문하면 업무 고충을 얘기한다. 특히 나이가 어린 사회 초년생 담당자는 더 마음이 가고 도와

주고 싶다. 물론 매월 방문 시 상담에 응하지 않으면 상담하지 않은 채 보고서만 작성하고 서류 작업 등을 모른 척할 수도 있다. 하지만 처음부터 모든 걸 아는 사람도 없고, 처음부터 잘하는 사람은 없다. 그래서 보건 업무를 처음부터 지도 조언하기로 결심했다.

담당자와 마주 앉아 가장 먼저 건강검진 결과표를 보고, 검진 결과상 질병 유소견자는 매월 상담해야 한다고 이야기했다. "홍길동 씨는 고혈압 질병 유소견자인데 현재 혈압이 높다. 상담을 통해 약물치료 여부와 술, 담배, 운동 등 생활 습관 개선 여부를 확인하고, 간이 검사를 진행한 후 지속적인 관리를 통해 뇌심혈관질환을 예방해야 산재가 발생하지 않는다."라고 설명했다. 그리고 상담을 요청한 근로자의 상담 요청 사유를 담당자에게 설명했다. 상담에 응하지 않는 근로자에게 설명이 필요하면 설명할 수 있도록 지도하고 이해시키도록 지도했다.

건강검진 시 필요성과 주의 사항, 검진 미 이행시 불이익 등을 담당자에게 알려주고. 교육자료도 만들어 배포하여 전 직원 대상 교육도 했다.

보건 관련 업무 서류는 표본을 가지고 가서 자세히 설명, 지도하니 담당자의 업무 능력도 향상되고 서로 의사소통도 잘되어 매달 방문이 힘들지 않다. 항상 문제가 발생하면 가장 먼저 전화해서 도움을 요청하고 바로 대응하니 서로 믿음과 신뢰가 쌓였다. 긍정적인 업무파트너이다. 이 사업장은 오랫동안 보건협회에 대행 일을 맡길 것이라는 확신이 들었다.

본부에서 지속적인 직원교육과 직무 교육, 전문화 교육 등 다방면으로 교육함으로써 날이 갈수록 업무역량도 높아지고 자신감도 생겼다.

"열 번 찍어 안 넘어가는 나무 없다", "물방울이 바위를 뚫는다"라는 말이 있다. 어려운 일도 여러 번 시도해야 한다. 포기하지 않으면 적은 노력이 모여 큰 결과를 이룬다. 넘어져 다쳐도 포기하지 않고 꾸준히 노력한다면 자신감 있고 유능한 보건관리 전문가가 될 수 있다.

‖ **2** ‖

# 저 산업위생관리기사 자격증 있어요

강은주

삶은 수많은 자극의 연속이다. 외부에서 들어오는 자극을 어떻게 소화하느냐에 따라 전혀 다른 결과가 나온다. 좌절하게 만드는 걸림돌이 되기도 하고 성장하게 만드는 디딤돌이 되기도 한다. 서로 다른 두 개의 주파수가 공명을 일으켜 아름다운 소리가 되는 것처럼, 외부의 자극이 내면의 동기와 들어맞아 한 사람의 삶에 성장과 전환점이 되기도 한다.

1990년은 산업안전보건법이 한 차례 전부 개정되던 시기였다. 이때 보건관리 대행 제도가 생겼다. 50인 이상 300인 이하의 사업장은 보건관리자를 선임해야 했는데, 자체적으로 선임하기 어려운 경우 전문 기관에 보건관리 업무를 위탁하는 제도이다. 새로운 직장에서 맡게 된 일이 바로 이와 관련된 산업보건 간호업무였다. 학교에서 배웠던 간호학 이론과 병원에서 경험한 것은 나만의 지식과 경험일 뿐, 보건관리 업무는 완전히 새로운 일이었다. 마치 초보 운전자처럼, 간호사 면허는 있으나 산업보건 분야에서는 초보나 다름없었다. 그렇게 한 번도 가보지 않은 길 위에 서게 되었다.

나름대로 책에서 배운 얕은 지식과 임상간호사로 배웠던 경험을 총동원했다. 썩 내키지 않아 하는 작업자들을 설득해 의욕적으로 상담했다. 지금 와서 생각해 보면 일상생활에 무리가 없고 수치가 정상 범위를 조금 벗어났을 뿐인 사람들에게 지금 당장 관리하지 않으면 마치 큰일이 생길 것처럼 어설픈 상담을 하던 때였다. 나를 비롯한 대다수 동료가 비슷한 입장이었기에, 사업장을 다녀오면 하루 동안 있었던 일들을 함께 모여 나누고 배우는 시간을 가지곤 했다. 간질환이 유난히 많은 사업장에 다녀온 날이었다. 그날도 어김없이 함께 모여 사업장 이야기를 하는 중 함께 일하던 김 선생님이 물었다.

"혹시 그 사업장 어떤 물질을 사용하는지 아세요?"
"아니요, 모르는데요."

마치 모르는 게 당연한 듯이 대답했다. 이때 김 선생님이 한 말이 나를 멍하게 만들었다.

"사업장에 간질환이 많으면 어떤 물질을 사용하는지 꼭 아셔야 합니다. 간 독성을 일으키는 물질을 사용한다면 직업병적인 상담과 함께 작업환경 관리도 해야 합니다.”

그렇지 않아도 나의 건강상담 방식에 알 수 없는 답답함이 느껴지던 때였다. 정확하게 알고 제대로 하지 않으면 근로자의 죽음을 방치할 수도 있겠다는 무거운 생각이 들었다. 그리고 '작업환경은 어떻게 관리할 것인가?' 내 안에 숙제가 생겼다.

그 일이 있고 나서 나는 첫 번째 큰 산을 만나게 되었다. 신규 사업장을 담당하게 되었는데, 제책과 제본하여 다이어리를 주로 생산하는, 당시 구로1공단에 있는 업체였다. 사업장 담당자와 함께 생산 현장에 들어갔는데 소음으로 인해 대화할 수 없고, 유기용제 접착제로 인해 눈이 따갑고, 머리가 어지러울 지경이었다. 그런데도 작업환경측정을 한 적이 단 한 번도 없었고, 특수건강진단 또한 한 적이 없었다. 우선 소음을 측정한 뒤 결과를 바탕으로 작업환경측정과 특수건강진단을 할 수 있도록 사업장을 설득해야겠다는 계획을 세웠다. 측정을 위해서는 지시소음계를 가지고 있는 산업위생과의 도움이 필요했다.

한 달이 지난 뒤 정기 방문일, 나는 산업위생과를 찾아가 과장에게 사업장 상황을 이야기하고 도움을 요청했다. 비수기이니 시간이 되면 동행해 주거나, 아니면 작동 방법을 알려주면 측정하고 반납하겠다는 내 말이 끝나기도 전이었다. 멀찍이 앉아 있던 어느 계장의 말이 내 뒤통수에 날아와 박혔다.

"야, 너 산업위생관리기사 자격증 있어? 건방지게!"

순간 당황스럽고 멋쩍었다. 왠지 잘못을 저지른 것 같은 기분에 포기하고 나오는데 다른 계장이 따라 나왔다. "놀랬지? 마음에 담아 두지 마. 내가 빌려줄게." 하며 장비실에서 조작 방법을 자세하게 알려주었다. 덕분에 계획대로 소음을 측정할 수 있었고, 노출 기준 초과로 소음성 난청이 발생할 수 있는 수치임을 확인할 수 있었다. 업무는 잘 마쳤지만 '너 산업위생관리기사 자격증 있어?'가 뒤통수에 계속 매달려 있는 것 같은 기분이었다. 사업장의 문제를 해결하려는 의욕과 책임감이 자격증 유무 하나로 가로막힌 느낌이었다. 결국 그 불편함이 나를 움직이게 했다. 산업위생과에서 가장 호의적이던 동료에게 산업위생관리기사 시험 난이도를 묻자, 그는 "그거 운전면허야. 간호사면 누구든 취득할 수 있어!"라며 웃어 보였다. 그 한마디에 마음이 놓였다. 그렇게 나는 입사한 지 석 달 만에 또다시 '산업위생관리기사 자격증 취득 프로젝트'를 시작했다.

학원을 알아봤으나 없었다. 오직 독학으로만 준비해야 했다. 용어와

법규가 생소했고 막막했다. 시간과의 싸움이었다. 평일과 토요일은 근무 끝나면 사무실에서 10시까지 공부했고, 일요일도 사무실로 출근하여 6시까지 공부했다. 1차는 3개월 만에 수월히 통과했지만 2차 시험에 관한 정보가 하나도 없었다. 일단 시험 난이도를 알아보겠다는 마음으로 2차 시험을 치렀다. 당연히 불합격이었고 당황스러운 문제가 한둘이 아니었다. 문제 중 '[3]임핀저 구조를 그리고 설명하시오'가 나왔다. 내가 아는 측정기구는 조도계와 지시소음계뿐인데…. 2차 시험은 1차 시험과는 완전히 달랐다. 2차 준비를 야무지게 하지 않으면 '야, 너 산업위생관리기사 자격증 있어?' 평생 따라다닐 것 같았다. 각오를 한 번 더 단단히 다졌다.

나는 곧바로 관리사업장에서 제작한 대학노트에, 왼쪽에 문제를, 오른쪽에 답을 적어 예상 문제 100개를 만들었다. 내가 만든 문제지만 그 안에 개념이 있으니, 문제와 답을 달달 외울 정도로 쓰고 외우기를 반복했다. 이때 깨달은 것이 있다. 모르는 것을 외우고 반복하다 보면 이해가 된다는 것을. 그리고 공부는 머리가 아닌 엉덩이로 한다는 말의 의미를 알았다. 결론적으로 나는 입사한 지 1년 6개월 만에 '산업위생관리기사 1급' 자격을 취득했다. 이제 누구에게든 "저 산업위생관리기사 자격

[3]　　　액체 포집 기구

증 있어요!"라고 당당하게 말할 수 있게 되었다. 아는 만큼 보인다는 말처럼 공부하고 나니 사업장의 작업환경을 어떻게 관리할지 감이 잡히기 시작했다. 자격증 취득 후 얼마 지나지 않아 보건관리 대행 업무에 직종별 방문 회차 및 주기가 법제화되었다. 그때 우리 부서는 간호사가 두 명 많고, 산업위생관리기사가 두 명 부족했다. 그 당시 동료 간호사도 자격증을 취득한 터라, 함께 간호사에서 산업위생관리기사로 전환하며 수월하게 부서 인력 구성이 완성되었다. 그렇게 나는 산업보건 간호사에서 산업위생관리기사로 업무 영역을 확장하게 되었다.

그리고 뒤늦게 알게 된 게 있다. 나에게 소리쳤던 그 계장은 산업위생관리기사 자격증이 없었다. 그는 상처를 주려 모진 말을 던졌을지 몰라도, 결과적으로 성장의 디딤돌이 되었다. 만일 걸림돌이 되었다면 마음에 상처만 남아 열등감이 되었을지도 모른다. 상처로 남기지 않았기에 동료에게도 쉽게 물어 볼 수 있었다. 그리고 동료가 해준 "누구든지 할 수 있다."라는 말은 도전할 수 있는 용기를 주었다. 주저하고 망설이던 내게 큰 선물이었다. 그렇게 산업보건 업무 영역을 넓혀가는 기회가 생겼다. 마치 준비된 자만이 기회를 가질 수 있다는 말처럼.

결국 '어떤 말을 들었느냐'보다, '그 말을 어떻게 받아들이느냐'가 중요하다. 나는 그날 이후로 어떤 자극 앞에서도 겁내거나 상처받지 않기로 했다. 그 자극이 또 다른 디딤돌이 될지도 모르니까.

# 3

# 마흔 이후,
# 다시 배우는 간호

남경숙

2011년 1월 퇴근길에 간호조무사 학원에서 강의하며 알고 지냈던 정 선생에게서 전화가 왔다. 대한산업보건협회라고 산업체 근로자의 건강 상담 업무를 하는 곳인데 같이 일해 볼 의향이 있냐는 것이었다. 마침, 다니던 어린이집에 사표를 내고 이직 준비 중이었다. 대학에서 지역사회 간호학을 공부했고 어린이집 보건교사로 근무하며 산업보건 분야를 경험한 터라 망설임 없이 하겠노라 대답했다. 특히 협회의 자녀 학자금 지원 제도는 큰 매력으로 느껴졌다.

2월 11일 대한산업보건협회 보건관리팀 산업 간호사로 첫 출근 했다. 어린이집의 알록달록한 장식품 대신 책상에는 각종 서류와 안전보건 표지판, 스트레칭 등 각종 포스터들이 빼곡히 놓여 있었다. 아이들의 목소리로 시끌벅적하던 어린이집과는 달리 사무실은 조용했다. 각자의 방문 일정을 소화하느라 바빠 보였다. 막 출근한 신입 동료에게 신경 쓸 여유는 없어 보였다. 출근 후 2주 동안은 산업안전 보건 법령 책을 펴고 업무 대신 공부를 했다. 작업환경측정 결과서의 특별 관리 물질, 관리 대상 유해 물질, 노출 기준 같은 생소한 단어들을 익혀야 했고 관련 법령을 이해하는 것도 쉽지 않았다. 새로운 업무에 대한 두려움만큼이나 기대감도 컸다. 3월부터 시작된 나의 업무는 국고지원으로 50인 미만인 소규모 사업장 근로자들의 건강관리와 작업 현장을 점검하고 지도 조언하는 민간 위탁 사업이었다.

기대와는 달리 현실은 만만치 않았다. 소규모 사업장은 열악했고, 사업주와 근로자가 따로 없이 모두 일하기 바쁜 현장에서 방문 허락을 받는 일이란 쉽지 않았다. 작업시간을 내어주어야 하는 이유로 사업주로서는 내키지 않은 일이었다. 노동부와 안전보건공단의 대상 선정 공문을 팩스로 보내고 전화를 걸었다. 방문목적을 얘기하기도 전에 사업주들은 "필요 없어요.", "됐어요."라는 퉁명스러운 말로 전화를 끊었다. 그럴 때마다 얼굴이 화끈거리고 어깨가 움츠러들었다. 왜 이 일을 해야 하는 거지? 상처받고 실망했다. 원활한 방문이 이루어지기 위해서는 법적·제도적 기반이 마련되어야 한다는 것을 절감했다.

다행히 허락받은 사업장을 방문하게 되었다. 현장은 생각보다 더 열악하고 위험한 근무 환경이었다. 프레스 기계가 내려칠 때마다 쇳소리와 진동으로 공장이 흔들리는 듯했으며, 의사소통도 쉽지 않았다. 금속을 절삭·연마·가공할 때 열과 마찰을 줄이고 제품의 표면을 보호하기 위해 가공유가 사용된다. 그 과정에서 작은 미세입자 형태로 분사된 기름으로 인해 작업장은 뿌옇고 답답했다. 숨을 쉬는 일조차 힘들게 느껴졌다. 그곳에서 근로자들의 혈압과 혈당을 측정하고 귀마개와 방진 마스크, 방독 마스크를 착용해야 하는 이유를 설명했다. 보호구는 단순한 물건이 아니라 근로자들의 건강을 지키는 소중한 도구임을 강조했다. 한국어가 서툰 외국인 근로자들에게는 말이 아닌 표정과 몸짓을 써가며 얘기했다. 원활한 의사소통이 가능했더라면 하는 아쉬움이 컸다. 산업 간호사는 근로자의 건강뿐 아니라, 작업장의 잠재적인 위험 요소까지 살펴야 했다.

보람도 있었다. 한 사업장을 9개월 동안 총 다섯 차례 방문했다.

첫 방문에서 혈압이 높았던 근로자가 있었다. 건강상담을 통해 병원 진단과 약물치료의 중요성을 자세히 설명했다. 몇 달 뒤 다시 만난 그 근로자는 "항상 목덜미가 당길 때마다 혈압 때문인가 걱정했었는데, 약을 먹은 후 머리가 훨씬 맑아진 것 같아요. 간호사님이 아니었으면 아마 병원 가는 것이 두려웠을 거예요."라고 이야기했다. 그 말을 들었을 때 일에 대한 자부심이 생겼다. 기계소음을 피하려고 이어폰을 끼고 음악을 들으며 일하던 근로자가 마지막 방문 때는 귀마개를 착용하고 있었다. 금속 가공유로 가득한 작업장에서 일하던 근로자가 보건용 마스크를 착용하고 있는 모습은 안타깝기도 했다. 그럴 때면 부드럽지만 분명하게 교육했다. 금속 가공유 미스트로부터 건강을 지키려면 반드시 '방진 마스크'를 착용해야 한다고 설명했다.

늦은 나이에 이직한 만큼 업무를 빨리 익혀야 한다는 부담이 컸다.

문제를 해결할 때 누군가에게 묻기보다 시간이 걸려도 스스로 처리하는 성격으로 주변에서는 답답하게 느꼈을지도 모르겠다. 키보드 사용이 익숙하지 않은 나는 젊은 동료들의 능숙한 전자 문서 작성에 자신감이 떨어지기도 했지만, 곧 숙련되었다. 익숙한 일이 아닌 새로운 일을 시작한 후로 하루하루 나를 단련하는 시간이었다. 바뀌는 법을 익히고 사업장 담당자나 근로자들의 여러 요구에 적응하려다 보면 몸도 마음도 지칠 때가 있다. 그래도 지금의 땀과 노력이 언젠가 내 삶의 밑거름이 될거라 믿으며 매일 최선을 다했다.

돌아보면, 그때 이직을 결심하지 않았다면 지금의 나는 없었을 것이다. 새로운 환경에서 많은 것을 배웠고 서로 다른 생각과 배경을 가진 사람들과 함께 일하며 소통하고 협력하는 법도 자연스레 익혔다. 앞으로는 어떤 선택의 순간에도 망설이지 않고 도전할 것이다. 변화는 두렵지만 그 안에서 성장하고 새로운 것을 성취할 수 있으니까.

마흔 중반의 변화는 망설임과 두려움이었으나 그 선택은 나에게 새로운 가능성을 열어주었다. 산업 간호사의 길은 쉽지 않았지만, 의미 있는 일을 향한 용기는 삶의 전환점이 되었다. 덕분에 성장했다. 나이는 도전을 가로막는 한계가 아니라 또 다른 시작점이 될 수 있음을 깨달았다.

# ‖ 4 ‖

# 비가 오나 눈이 오나,
# 간호사의 하루

배경숙

"비가 오나 눈이 오나 바람이 부나…" 유행가 가사의 첫 소절을 흥얼거리며 운전대를 잡고 출장을 떠난다. 목 빠지게 기다리는 사람은 없어도 갈 곳은 많다더니, 사업장에서는 보건 간호사 방문 사실을 모르더라도 부지런히 내가 계획한 일정대로 출장을 떠난다. 자동차 창문 너머로 들어오는 바람이 기분 좋게 뺨을 스친다. 보건 간호사 일은 외근업무가 많아서 사계절 아름다운 변화를 빠르게 체감할 수 있다. 차창 밖 거리 풍경을 감상하면서 여행을 떠나는 기분으로 외근한다. 울긋불긋 단풍 물든 가로수 풍경이 멋지게 펼쳐진다.

보건 방문 일정을 짜고 나면 한 달이 빨리 지나가곤 한다. 사업장마다 특색이 있긴 하지만, 사업장 담당자는 협의했던 방문 시간을 기억한다. 더러는 바쁘다는 이유로 내가 오는 것조차 까맣게 잊고 다른 일에 매달려 있기 일쑤다. 그래도 난 두 번 걸음 하지 않기 위해 내 일정대로 움직인다. 사업장 담당자는 "어! 오늘 오시는 날이었어요? 깜빡했어요…." 하기도 하고, 안전보건에 관심 있는 담당자는 탁상달력이나 칠판 달력에 날짜를 표시해 두고 기억하기도 한다. 그렇게 기억해 주는 담당자는 고맙다.

산업안전보건법 제18조에 "보건관리자는 산업안전보건법에서 정한 사업주 및 안전보건관리책임자의 직무 중 보건에 관한 기술적인 사항에 대하여 사업주 또는 안전보건관리책임자를 보좌하고 관리감독자에 대하여 지도, 조언하는 업무를 수행한다."라고 기술되어 있다. 나는 사업장 보건관리자이며 산업보건 간호사다.

내가 맡은 사업장은 대략 30여 개소인데 한 달 일정을 짜고 나면 한 달이 바람처럼 지나가곤 했다.

사업장의 규모에 따라 법적인 방문 횟수가 정해진다. 100인 이하일 때 의사는 반기에 1회, 산업위생기사는 반기에 2회다. 100인 이상일 때는 의사는 분기에 1회 방문, 산업위생기사는 두 달에 1회, 간호사는 매달 방문한다. 의사, 간호사, 산업위생기사 모두 각각 방문해야 하는 횟수를 잘 확인해야 한다. 한 번이라도 누락이 되면 대행 기관이 정지될 수도 있다. 그래서 반드시 정신을 차리고 확인해야 한다.

오늘 난 동탄 물류센터에 방문했다. 보건 업무 담당자에게 인사를 건네며 마치 내 회사인 양 사무실 안으로 들어간다. 익숙하게 정해진 상담 장소로 들어가 가방을 푼다. 가방 안에는 혈압계와 혈당측정기, 그리고 체지방측정기 등 간이 검사기가 들어 있고, 상담일지 등 서류뭉치도 있다. 사람 좋아 보이는 담당자는 환하게 웃으며 "뭐 드실래요? 커피 드실래요?" 하고 물으며 종이컵에 커피믹스를 넣고 물을 따른 후 커피 봉투를 스틱처럼 말아 휘휘 저으며 가져다준다. 환한 미소와 차 한잔 덕분에 기분이 좋아진다. 모닝커피를 마셨어도 성의가 고마워서 쓴 커피를 한 번 더 마신다.

어색한 공기를 가르면서 사업장 문을 열고 들어갔는데 냉랭한 표정으로 물건 팔러온 외부인 대하듯 하는 사업장 담당자도 있긴 하다. 몇 시간 동안 일을 해도 물 한 잔 마시라는 얘기조차 없는 곳도 있다. 외근하는 사람들에겐 물 한 잔, 커피 한 잔이 얼마나 따뜻한지는 경험하지 않고서는 모르는 일이다.

먼저 서류에 적힌 산업보건 현황을 파악하고 법 제도 변경 사항을 안내하며, 미리 메일로 전송했던 건강상담자명단을 확인하면서 상담자를 호출한다.

오늘 방문한 물류센터는 야간작업 종사자를 대상으로 특수검진과 일반검진을 하고 있다. 야간작업은 신체적 피로와 스트레스로 인해 수면

장애나 심혈관질환 등 건강에 문제가 생기기 때문에 야간작업을 현행에 서는 특수검진 대상으로 포함한다. 상담은 연간 계획을 세워 일정에 맞게 상담해야 중복이나 누락을 방지할 수 있다. 중복해서 잘못 호출하면 자주 부른다고 불평하면서 화가 잔뜩 난 근로자를 마주해야 할 일이 생길 수 있다. 혈압이나 혈당이 높은데 약을 안 먹고 조절하지 않는 근로자는 어쩔 수 없이 매달 호출하기도 한다. 상담 결과에 따라서 근로자가 제대로 조치하지 않으면 작업 중 사고가 날 수 있다. 오늘은 보건관리자의 업무인 개인별 보건교육, 건강진단관리, 직업병 및 만성질환자 관리, 건강증진 활동, 보건지표 점검 등을 실시할 계획이다.

오늘 방문한 물류센터 엘리베이터 벽에 "어서 와. 지옥문에 들어온 것을 환영해. 여기는 처음이지?"라고 써진 낙서를 발견했다. 애잔함이 느껴진다. 컨베이어에 배달할 상자들이 바쁘게 돌아가고 작업자들은 배송할 구역별로 상자를 분류하고 있다. 분류작업은 고강도 고속 반복 작업으로 근골격계 질환이나 뇌심혈관질환, 여름철에는 열사병 등 산재 위험이 많은 작업이다. 작업대를 언뜻 보아도 젊은 층이 많다.

오늘 상담 대상자는 50대이며 대형차를 운전하고 있는 김준식 씨다. 줄곧 낮 근무만 한다. 15km 정도의 거리를 자전거로 출퇴근하고 있어서 운동량은 충분하다. 음주는 월에 한 번씩, 비흡연이다. 금년도 검진 결과 고혈압, 비만, 당뇨 전 단계로 판정되어 안전 보건팀으로부터 집중 관리 인물로 분류되고 있으며 사무실에 비치된 자동 혈압계로 매일 혈압을 재고 결과치를 보고하고 있는 상태다.

김 씨는 숨을 고르며 앉아 팔을 내민다. 혈압약 투약한 지 두어 달째다. 이젠 혈압이 안정됐다.

"혈압이 정상입니다. 전엔 술 많이 드셨는데, 절주 유지하고 계신 거죠?"

"네, 나이가 점점 드니 혈당 스파이크도 생기고… 조심하고 있어요."

"좋습니다. 김 선생님 지금처럼 좋은 생활 습관 유지하시고요, 안전 운전하세요." 나는 가볍게 목인사를 건네면서 일어나 김 씨를 일터로 보낸다. 이후 여러 근로자의 건강상담을 마치고, 현장을 둘러본 후 서류를 작성하고 오늘 사업장 방문을 마친다.

우리나라에는 대략 12,000개가 넘는 직업군이 있다고 한다. 그 많은 직업 중에 나는 간호사가 되었으며 "나는 나의 일생을 의롭게 살며 전문 간호직에 최선을 다할 것을 하느님과 여러분 앞에 선서합니다." 나이팅게일 선서를 외치면서 일을 시작했다. 직접 관리하는 사업장에서는, 유일한 보건 전문가로 근로자와 직접 소통하며 직업병을 예방하고 근로자의 건강 문제를 해결하는 데 도움을 주고 있다.

출장차로 돌아와 라디오 주파수를 맞추고 노래를 들으며 사무실로 향한다. 오늘 임무를 모두 완수한 기분이다. 자동차 창문 너머 시원한 바람을 다시 느껴본다.

사업장을 방문하는 보건 대행 간호사는 비가 오나 눈이 오나 바람이 부나 날씨와 상관없이 사업장과 약속한 일정표대로 업장을 방문해야 한다. 약속을 지키는 일은 신뢰를 유지하는 기본 바탕이기 때문이다. 작은 약속부터 잘 지켜야 상대방이 나의 이야기를 더 경청하고 존중하게 된다. 사업주와 근로자의 건강을 지키는 일은 이 작은 신뢰에서 시작된다.

그 여정은 여전히 진행 중이다.

‖ 5 ‖

# 이동 속에서 배운
# 성장과 감사

신계숙

1996년, 나는 서울 산업보건센터에 첫발을 내디뎠다. 긴장감이 앞섰던 입사 첫날 기억은 지금도 생생하다. 처음 배치된 부서는 보건관리국이다. 업무의 주된 내용은 근로자 수가 50명 이상인 사업장을 대상으로 보건관리를 하는 일이다. 당시 내가 담당해야 했던 사업장은 무려 마흔 곳에 달했다. 매달 이 모든 사업장을 직접 방문해 근로자의 건강관리와 작업환경을 점검하고 필요한 보건 조치를 했다.

신입이었던 나에게는 새로운 도전이었다. 각기 다른 환경의 사업장들을 방문하는 일은 그만큼 긴장의 연속이었다. 새로운 현장과 사람을 만나는 일이어서 정해진 시간에 낯선 길을 찾아가야 했다. 때로는 공단의 복잡한 골목과 이름 모를 공장들 사이에서 길을 헤매기도 했다. 사무실의 정확한 위치를 파악하고 근로자들의 얼굴을 익히는 데도 몇 달 걸렸다. 모든 일은 시작이 가장 어렵다는 것을 알고 있다. 시간이 지나면 잘해 낼 수 있다는 믿음이 있었기에 감내할 수 있었다. 방문 계획은 월 단위로 자율적으로 세웠다. 일정이 바뀌게 되면 사업장과 조율하여 유연하게 대처할 수 있었다. 육아와 병행해야 했던 나에게는 더없이 이상적인 근무 환경이었다.

시간이 흐르면서 내 인생에 변화가 생겼다. 둘째 임신하면서 건강진단국으로 부서를 옮기게 됐다. 단순한 부서 이동이 아니라, 나의 일상과 업무 방식 전체가 바뀌는 일이었다. 건강진단국은 일정이 정해진 팀 단위 업무이며, 주로 사업장을 찾아가 근로자들의 건강진단을 직접 수행한다. 의사, 간호사, 임상병리사, 방사선사 등 다양한 전문가들과 협력하여 팀워크를 맞춰야 했다. 출근 시간은 더 빨라졌고, 개인 사정에 따라 자유롭게 휴가를 쓰기도 쉽지 않았다. 임신 중이던 내게 이 시기의 업무는 산업보건 경력에서 육체적 부담과 정신적 긴장이 가장 컸던 첫 번째 시련이었다. 협력하며 함께 일해야 하는 건강진단이라는 업무의 전문성을 키우느라 애쓰던 시기였다.

건강진단국에서 치열했던 날들이 자리를 잡아갈 즈음, 나는 또 한 번의 전환점을 맞아 본부로 발령을 받았다. 예전에는 도보로 출퇴근할 수 있는 가까운 거리였는데, 매일 지하철을 타야 했다. 혼잡한 시간을 피해 이른 아침에 출근했고, 조용한 사무실에서 낯선 업무들을 하나씩 익혀 나갔다. 20여 년간 외근 중심의 업무를 해 온 나에게 내근 위주의 업무는 또 하나의 새로운 현장이었다. 그만큼 또 다른 적응이 필요했다.

그 시절, 나는 50세를 넘긴 나이였지만, 새로운 환경에서는 신입사원과 같았다. 누구보다 부지런히, 열심히 하루를 채우려 했다. 몸은 지치고 마음도 예민해졌다. 지금 돌아보면 그것은 낯선 역할을 감당해 가는 자연스러운 과정이었다. 때로는 오해로 인해 팀원들과 거리감도 느껴졌다. 그러나 그 경험 덕분에 조직 안에서 누구나 겪을 수 있는 소외의 감정을 이해하게 되었고, 사람을 바라보는 시선 역시 한층 넓어졌다.

무엇보다 그 시절, 묵묵히 곁을 지켜주던 사람들의 따뜻한 말과 진심은 지금까지도 내 마음에 남아 있다. 그들의 존재는 내가 흔들리지 않고 자리를 지킬 수 있는 가장 큰 힘이 되어 주었다. 약 2년간의 본부 근무는 인내심을 키워주었고, 행정업무에 대한 이해와 역량을 넓히는 기회였다. 현장을 아는 사람으로서 행정을 이해하게 된 이 시간은 이후의 모든 업무를 더 입체적으로 바라보게 한 소중한 자산이 되었다.

본부 근무가 익숙해질 즈음, 또 한 번의 이동을 맞이했다. 간절히 바라던 건강진단국으로 다시 돌아가게 되었다. 오랜 기간 몸담았던 분야이고, 더구나 팀장이라는 책임 있는 자리까지 맡게 되어 기대가 컸다. 대부분 낯선 얼굴이었지만 앞으로 함께할 팀원들이라는 생각에 반가웠다.

다양한 성향의 팀원들과 일하며, 소통의 어려움과 의견 충돌도 있었다. 그 과정에서 스스로를 돌아보게 되는 순간도 많았다. 시간이 흐르면서, 그 모든 말과 행동 뒤에는 저마다의 진심이 담겨 있었음을 깨달았다. 특히 대화 전문가 박재연 소장의 "세상의 모든 단어는 감사와 부탁으로 해석할 수 있다."라는 말은 전환점이 되었다. 팀원들의 말이 단순한 불만이 아니라 도움이 필요하다는 표현임을 이해하게 된 것이다. 나 역시 미숙한 부분이 있었다. 성과에 집중한 나머지 사람의 마음을 놓친 순간들도 있었다. 이제는 그 시간이 갈등이 아닌 성장의 시간으로 기억하며, 서운함보다 고마움이 먼저 떠오른다. 그 시절 함께했던 팀원들은 사람을 품는 리더십이 무엇인지 몸으로 가르쳐 준 소중한 선생님들이었다. 그들과의 시간 덕분에 나는 더 나은 리더, 더 깊은 사람이 될 수 있었다.

네 번째 근무지는 지금의 부산지역본부이다. 이곳은 예상치 못한 발령지였다. 나의 역할이 필요한 자리라 생각하며 기꺼이 받아들였다. 3년 만에 다시 돌아온 교육사업국의 업무가 쉽지 않지만, 마치 천직처럼 느껴진다. 초반엔 어려움도 있었다. 그러나 점차 팀워크가 좋아졌고 실적도 향상했다. 인원이 충원되면서 팀원들의 부담도 줄었다. 부서의 긍정적 평가와 승진이라는 값진 성과도 얻었다. 그때 나는 내가 의미 있는 일을 하고 있다는 확신을 얻었다.

올해 들어 교육 실적이 점점 하락세로 접어들었다. 스스로를 몰아붙

이기도 했다. 어려운 시기이기에 평정심을 유지하기가 쉽지 않았다. 그때 나는 맹자의 말을 떠올렸다. "하늘은 장차 큰 인물이 될 사람에게 시련과 고난을 내려 그 사람이 견디는 역량이 있는지 시험한다." 지금의 어려움도 나를 단단하게 만드는 과정이라 받아들이기로 했다.

나는 소통의 중요성도 알기에, 말하기보다 경청하려 노력한다. 서로를 이해하고, 잘한 일에는 아낌없이 서로에게 칭찬한다. 교육생 대부분이 관리자이기에 강의를 통해 통솔력과 소통의 중요성을 강조한다. 그 과정은 동시에 나 자신을 돌아보는 시간이기도 하다.

이곳이 마지막 근무지가 될지는 알 수 없다. 하지만 남은 3년, 함께 성장하는 팀원들과 의미 있는 여정을 이어가고 싶다. 과거에는 잦은 이동에 불만도 있었다. 이제는 그 모든 경험이 나를 전문적이고 유연하게 성장시켰음을 안다.

산업보건 간호사로서 이동을 겪는 후배들에게 전하고 싶은 메시지는 분명하다. 존 F. 케네디의 "위기는 위험과 기회의 합성어다."라는 말처럼 변화와 이동은 두렵지만, 그 안에는 반드시 배움과 기회가 숨어 있다는 것이다. 그리고 무엇보다 함께한 사람들의 진심과 배려가 결국 나를 이 자리에 서게 했다는 사실을 잊지 않으려 한다. 앞으로도 이 마음을 품고 감사와 존중으로 팀을 이끌어 가고자 한다.

## ‖ 6 ‖

# 현장에서 교육으로,<br>산업보건의 또 다른 길

이미숙

대한산업보건협회에 입사한 초년 시절, 경험 부족과 융통성의 한계로 힘든 순간이 많았다. 당시에는 모든 게 낯설고 두려웠다. 근로자들과 눈을 맞추고 그들의 이야기를 듣는 일조차 쉽지 않았다. 현장 근로자들과 소통하며 그들의 요구를 해결하는 데 필요한 지식을 더 배워야겠다고 마음먹었다. 이 작은 시작이 이후에 부서 이동할 수 있는 전환점이 되었다.

간호학을 전공했기에 작업환경 관리에 대한 지식이 부족했다. 해결책을 고민하다 우연히 한국방송통신대학교 환경보건학과가 있다는 것을 알게 되어 3학년으로 편입학했다. 막내가 중학생이어서 공부할 시간을 낼 수 있을 것 같아 시작하게 되었다. 한국방송통신대학교는 인터넷으로 수업을 듣고 스스로 공부를 해야 하는 형태로 졸업하기가 쉽지 않았다. 학과에서 자체적으로 스터디를 구성했고, 스터디 일원으로 매주 수요일 함께 공부했다. 시험 기간 주말이면 온 가족이 도서관에 모여 각자 공부에 몰두하곤 했다. 함께 조용히 집중하는 그 시간이 참 즐거웠다. 열심히 공부한 덕분에 성적도 자연스럽게 따라왔다. 업무에 도움을 받기 위해 시작했으나 공부를 계속하다 보니 은퇴 후를 고민하게 되었다. 그렇게 대학원 진학을 선택했다. 그 당시 대학원 경쟁률이 상당히 높았지만, 대학원에 진학할 수 있도록 함께 공부한 친구가 있어 가능했다. 대학원에서도 동기들과 열심히 공부할 수 있었다. 영남대학교 환경보건학과 석사과정 수업은 현장에서 진행하는 상담과 보건지도에 많은 도움이 됐다.

박사과정에 진학할 때는 망설여졌다. 평일에는 회사, 주말에는 학교, 너무 바쁘게 일상을 보내다 보니 쉬고 싶다는 생각이 간절했다. 당시 대한산업보건협회에서는 박사학위가 큰 의미를 갖지 않았다. 진급에 가산점이 있는 것도 아니고, 수당이 추가로 주어지지도 않았다. 그러나 은퇴 이후의 삶을 생각하면 박사과정에 진학하는 것이 좋을 것 같았다. 어느 날, 아이들에게 고민을 털어놓으니 흔쾌히 말했다. "엄마 인생이잖아, 엄마가 하고 싶으면 하는 거야!" 아이들의 응원에 힘입어 박사과정 진학을 결정했다. 박사과정이 너무 힘들어 중도에 그만두고 싶을 때가 한두 번이 아니었지만, 아이들의 응원과 지도교수의 격려 덕분에 박사학위 과정을 마칠 수 있었다.

회사에는 근로자들의 교육을 전담하는 부서가 있다. 그동안 교육 부서에서 일하고자 했지만, 기회가 쉽게 오지는 않았다. 그런데 박사과정을 마치고 보건관리국에서 근무하니 학교나 기업체에서 강의 의뢰가 종종 들어왔다. 처음에는 떨리기도 하고, 목소리도 제대로 나오지 않아 부담이 상당했다. 강의와 업무를 병행하며 경북지역본부 보건관리국에서 20년을 근무하고, 대구지역본부 교육사업국으로 인사 발령을 받았다. 대한산업보건협회에서는 박사학위가 없어도 된다고 생각했다. 그런데 미리 박사학위를 준비해 둔 것이 교육사업국으로 부서 이동하는 데 크게 도움이 되었다. 만약, 그때 진학이라는 목표를 세우지 않고 현실에 안주해 있었다면, 지금의 기회가 주어졌을까? 퇴직 후 제2의 인생을 위해 공부를 해 둔 것이 생각보다 더 빠르게 도움이 되었다.

2022년 2월 1일에 교육사업국에서 새로운 업무를 시작했다. 다시 초심으로 돌아가게 되었다. 강사로서 일을 한다는 것은 또 다른 세계와의 만남이었다. 현장 경험을 효과적으로 전달하기 위해 끊임없이 연습하고 공부했다. 교육 현장에서는 관리감독자들이 불편함 없이 교육받을 수 있도록 세심히 신경 썼으며, 안전한 현장에서 일할 수 있도록 도왔다. 같은 산업보건의 길이지만, 그 방식은 달랐다. 과거에는 직접 현장을 다니며 근로자들의 건강을 지켰다. 그러나 이제는 교육을 통해 더 많은 근로자가 안전보건의 중요성을 인식하도록 돕는다.

교육을 통해 전달된 작은 메시지가 또 다른 현장에서 안전보건을 지켜낼 수 있다면, 그것만으로도 충분한 가치가 있다.

젊은 시절부터 현장에서 쌓아온 경험이 아무리 많더라도, 변화하는 세상 속에서 새로운 배움을 멈춘다면 그 순간부터 발전은 멈춘다.

교육은 단순히 지식을 전달하는 것이 아니라 사람의 마음을 움직이는 일이라고 믿는다. 그래서 다른 근로자들에게 안전보건의 중요성을 알려주는 일을 단순한 '업무'가 아닌 '사명'으로 생각한다. 안전은 누구를 위한 제도나 형식이 아니라, 바로 나와 가족, 그리고 동료의 생명을 지키는 일이다. 이를 체감하게 만드는 교육이 진정한 안전보건교육이라고 생각한다.

70~80년대의 산업현장은 성과 중심이었지만, 21세기를 살아가는 우리는 사람 중심의 시대를 맞이했다. 이제는 생산성보다 생명, 속도보다 안전이 더 중요한 시대이다. 더 이상 안전은 선택이 아니라 삶의 기본이자 필수가 되었다. 그 변화의 한가운데서 나도 끊임없이 성장하고 있다. 새로운 제도, 기술, 교육방식이 등장할 때마다 두려움보다는 호기심으로 다가가며, 작은 변화의 순간을 삶의 또 다른 도약의 기회로 받아들이려 한다.

'기회는 누구에게나 찾아오지만, 그것을 자기 것으로 만드는 사람은 오직 준비된 자뿐이다.' 아무리 작은 변화라도 진심으로 임하고, 매일의 노력을 게을리하지 않는다면 언젠가 그 기회는 반드시 찾아온다. 꾸준히 배우고, 묵묵히 걸으며, 성실하게 준비하는 사람만이 그 결실을 온전히 누릴 수 있다.

그동안 배운 것을 토대로 안전보건의 가치를 더 많은 사람에게 전하고 싶다. 작은 변화의 순간을 두려워하지 말고, 그 순간을 성장의 신호로 받아들이자. 꾸준한 노력과 준비는 배신하지 않는다. 오늘의 땀방울이 내일의 기회를 만들고, 오늘의 배움이 내일의 나를 성장시킨다. 그 믿음을 가지고 나는 또 한 걸음 나아간다.

# 7

## 멈춤 뒤에 찾아온
## 두 번째 출발

이은미

내가 간호사의 꿈을 키워가며 다녔던 학교 캠퍼스는 사계절 내내 아름다웠다. 봄에는 벚꽃이 눈부시게 피어났다. 여름에는 본관과 중앙정원에는 초록빛 나무들이 시원한 그늘을 만들어 주었다. 이런 풍경으로 재학생보다 외부인들이 캠퍼스 안을 가득 메운다. 본관 뒤 작은 연못은 연인들의 비밀스러운 만남의 장소였다. 친구와 나는 건너편 다정한 연인들이 호수 앞에서 이야기꽃 피우는 모습을 부러운 듯 바라보기도 했다.

나는 아름다운 캠퍼스의 사계절 유혹을 뿌리치며 간호사 국가고시 준비를 위해 내 청춘을 도서관에서 불태웠다. 피나는 노력의 결과로 국가고시 합격 간호사 면허증을 취득했다. 국가고시가 끝나면 정말 신나게 놀아야지 생각했지만, 졸업과 동시에 병원 취업으로 기대는 무너졌다. 빠른 취업이 어려운 경우가 많던 때라 주변의 부러움을 받으며 병원 발령 소식을 들었다.

국가고시 직후 바로 응시한 원자력병원 입사 시험에서 나는 우수한 성적으로 합격했다. 합격자 명단을 벽보에 게시한 다음 날 수술실 발령을 받았다. 수술실은 특성상 감염을 방지하기 위해 의료진들은 머리에 모자와 얼굴에 마스크 쓰고, 하얀 유니폼 아닌 파란색 수술복 입고 두 눈 외에는 온몸을 가렸다. 그래서 보이는 눈이라도 예뻐 보이려고 눈 화장만 했다.

병원 첫 출근 날, 외과 과장님들이 따뜻하게 환영해 주었다. "수술실은 월등한 실력자만이 발령받을 수 있는 곳이다."라는 칭찬을 들으며 설레는 마음으로 수술실 근무를 시작했다. 학창 시절 K-의료원 수술실 실습 경험으로 수술실 안 환경이 낯설지는 않았다. 수술실 기계의 이름과 용도에 대한 설명을 듣고 유래와 모양을 떠올리며 하나둘씩 머릿속으로 외워갔다. 수술 매뉴얼도 외우고, 팀원들이 하는 업무를 파악하며 수술 간호사로서 역할과 책임을 차근차근 배워갔다.

대기 발령 중이던 동기와 후배들도 새로 들어와 함께 근무하면서 업무 외에도 소중한 추억도 많이 쌓아갔다. 태릉 육사 앞거리에서 동기 다섯이 까르르 웃으며 세상에서 우리가 최고인 듯 사진 찍고, 커피 마시며 선배님들 이야기하며 추억도 만들어 갔다. "남보다 한발 먼저 움직인다." 나만의 원칙 덕분에 선배들의 많은 사랑과 긴장 속에서 수술실 간호사로 성장해 갔다.

빠른 발령으로 병원에서 하루 휴가받아 2월 23일 학교 졸업식에 참석했다. 총장님께 졸업장을 받는 순간 그동안의 노력이 떠오르며 가슴이 벅찼다. 그때까지도 병원에 취업하지 못한 친구들도 많이 있었기 때문에 졸업식은 더욱 특별하게 느껴졌다. 졸업의 기쁨도 잠시, 다음날 바로 병원에 출근해야 했다.

내가 만나는 환자들은 병상에 있는 환자들이 아니다. 수술방 안에서 마취한 후 환자의 질환 및 진단에 따라 길거나 짧은 수술 과정이 마무리되면 회복실로 이동하여 경과를 관찰한다. 의식이 돌아오고 호흡, 혈압, 맥박 등 환자별 회복 상태를 최종적으로 확인 후 병실로 돌아간다.

간호사로서 수술실 근무 기간은 그리 길지 않았다. 약혼하고 결혼을 준비하던 시기였고, 당시 병원에는 결혼과 동시에 퇴사해야 하는 규정이 있었다. 선택의 여지가 없었다. 그렇게 병원 간호사로서의 시간은 아쉬움을 남긴 채 끝이 났다.

결혼하고 육아하다 보니 시간이 흘러 아이가 초등학교 2학년 겨울방학이 되었다. 늘 마음 한구석에 일하고 싶다는 간절하던 나의 목표가 다시 꿈틀대기 시작했다. 말보다 행동이 앞서는 나는 바로 간호사로 일할 수 있는 곳을 알아보기 시작했다. 대한산업보건협회에서 간호사를 모집한다는 채용 공고를 보고 지원서를 내고 면접 후 바로 다음 날 출근하게 되었다. 대한산업보건협회는 사업장 근로자들의 건강검진과 더불어 사업장 보건관리 대행, 작업환경을 관리하는 산업보건의 오랜 역사를 지닌 사단 법인기관이라는 걸 알게 되었다. 오랜 공백이 무색할 정도로 나를 새 식구로 반갑게 맞아주어 산업 간호사로 힘찬 첫걸음을 걷기 시작했다.

대한산업보건협회에서 첫 부서는 건강진단부였다. 주 업무는 의료보험 공단에서 검진 비용을 지급하는 일반 건강검진과 사업주가 비용을 부담하는 특수 건강진단으로 구분된다.

일반 건강검진은 국민건강보험법에의한 근로자들의 고혈압, 당뇨병, 신장질환, 대사증후군 생활 습관 관련된 성인병을 조기에 발견하여, 건강검진에 목적을 두고 검사한다. 질환 조기 발견은 물론 치료까지 연계한다. 검사 결과 수치에 따라 2차 정밀검사도 진행하고 내과 진료까지 할 수 있도록 지도한다.

특수건강진단은 유해 물질에 노출되는 현장 근로자들을 대상으로 검진한다. 유해인자 노출에 의한 근로자들의 직업성 질환을 조기에 발견하여 적절한 보호구 착용과 사후관리로 건강증진 및 직업병 예방 목적으로 실시한다.

성인병 관리는 질병으로 판정받기 전 식이조절과 꾸준한 운동 생활 습관 개선 등으로 관리될 수 있다. 건강관리는 나를 사랑하는 작은 행동에서 시작한다. 나의 습관을 변화시키는 지속적 운동은 쉬운 것 같지만 실천이 어렵다. 하루하루 30분씩 꾸준하게 하다 보면 하루가 일주일이 되고 한 달이 1년이 된다. 건강한 습관을 매일 실천하다 보면 성인병은 멀리 가고 건강한 몸과 건강한 마음이라는 친구가 우리를 지켜줄 것이다.

‖ 8 ‖

# 병원 밖, 탈출이 아닌
# 선택이었다

전춘자

간호대학을 졸업하고 첫 직장이 부산에 소재하고 있는 W 병원 응급실이었다. 취업했다는 부푼 기대와는 달리 현실은 그리 만만하지 않았다. 신경외과, 정형외과가 주를 이루는 병원인지라 교통사고 및 각종 긴급상황으로 응급실은 온종일 포화 상태였다. 매일 나이팅게일 선서 내용을 마음속으로 되새기며 업무에 임했다. 응급환자를 대하고 처리하는 나의 업무 기술이 부족하다는 생각을 떨칠 수 없었던 시기였다. 응급상황에 적절하게 대처하지 못한 점에 대해 선배 간호사로부터 숱한 꾸지람을 들었다. 서러워서 많이 울기도 했다. 지금 되돌아보면, 사회 초년생으로서 갖추어야 하는 자세, 사람을 대하는 태도, 간호업무 기술 등 많은 것을 선배들로부터 배우고 익혔다. 이름도 기억나지 않는 그 시절 선배들에게 감사함을 전하고 싶다.

병원 생활 3년이 지났다. 그럭저럭 시간은 지나 직업에 대한 만족감과 자존감은 거의 바닥을 찍고 있었다. 과연 이 일이 간호사로서 내 평생을 걸어도 될 것인지 마음속 의문을 품은 채 시간을 보냈다. 나의 가장 큰 강점은 사람에 대한 따뜻함이라고 스스로 생각하리만치 자타공인 인정받은 부분이었다. 나의 장점을 살리면서 일하고 싶은 생각이 스멀스멀 밀려들었다. 응급실은 사고 처리 부분에서 신속하고 정확도를 요구하는 곳으로써 사람과 사람 간의 소통이 먼저지, 간호사 특유의 따뜻함을 살리면서 일하기에는 다소 어울리지 않는 곳이었다.

그 시기 산업 간호사로서 이미 자리를 잡은 친구에게서 연락이 왔다. 울산에 소재하고 있는 대한산업보건협회라고 했다. 당시만 해도 지역에서 지인 소개로 채용이 가능하던 시기였다. 전날 야간 근무 탓에 피곤하였지만, 노란 원피스를 차려입고 대한산업보건협회 면접 장소로 갔다. 건물 외부 벽면 페인트가 벗겨진 채 낡아 보이는 건물 2층, 안내에 따라 사무실 한가운데 놓여 있는 검은색 소파에 긴장하며 앉았다. 지금은 고인이 되신 정 과장님과 면접을 보았다. 바로 내일부터 출근하란다. 뭐라고? 내일부터 출근이라니! 내가 어떻게 W 병원에 입사했는데, 이렇게 쉽게 병원을 떠나도 되나? 그동안 경험하지 못했던 새로운 일을 해볼까? 고민을 거듭하다가 면접을 봤는데, 30분 면접으로 바로 채용이 성사되다니, 놀랍고 또 기뻤다.


병원을 어떻게 떠나지? 간호사가 병원을 떠나 병원 아닌 곳에서 살 수 있을까? 여기 대한산업보건협회에 입사해도 되나? 참 우스운 이야기이다. 그때까지만 해도 산업보건을 몰랐던 시기이고 대학에서도 거의 언급조차 없던 과목이었으니 그런 생각이 드는 것은 당연했다. 대한산업보건협회라고 들어 본 것도 친구를 통해서 처음이었다. 송충이는 솔잎을 먹고 살아야 한다는 옛날 말이 나의 발목을 잡았다. 그러나 이미 응급실 근무로 피폐해져 탈출이 필요한 시기였다. 용기가 필요했다.

그 용기는 친정어머니가 내게 주신 큰 유산이었다. 집을 떠나 도시에서 간호대학에 다녔다. 병원 생활을 시작하면서 어려움이 닥치면 시골에 계신 엄마를 찾아가곤 했다. 이런저런 이야기를 풀어놓을 때쯤 엄마는 짧게 한마디하신다. "춘자야, 뭐든 용기를 내거라. 쉽게 얻어지는 것은 없다 아이가." 나는 그 용기를 엄마에게서 배웠다. 농사를 짓는 분이시지만 새로운 품종의 농사를 도입 시작할 때면 언제나 아버지보다 엄마가 먼저 결정하시곤 했다. 그 결정은 늘 옳았음을 보고 자랐다. 엄마는 그런 분이셨다.


당시만 해도 인터넷도 없어 산업보건이 어떤 일을 하는 곳인지 알 수 없었다. 오로지 친한 친구의 말과 변화를 주기 원하는 나의 마음에서 시작되었다. 어릴 때부터 엄마에게서 보고 배운 것, 결정을 실천하는 용기, 그것으로 변화를 일구었다. 병원에 남은 친구들, 선배들이 곧 책임간호사 자리가 난다고 퇴사를 만류했다. 하지만 뒤도 돌아보지 않고 나의 선택을 존중하며 울산으로 거주지를 옮겼다. 나의 산업보건은 그렇게 시작되었다. 보건관리 대행 업무가 어떤 것인지도 모르고 시작한 일이었지만 얼마 지나지 않아 나에게 안성맞춤 일이란 걸 알았다. 사람과 사람 간의 관계, 관계를 통해 많은 것들을 이루고 안전하게 유지하는 일. 드디어 병원 밖 새로운 길을 찾았다.

산업 간호사를 하면서도 그 후 몇 차례 다시 병원 생활에 대한 갈망이 있었지만, 업무 만족감을 생각하면 다시 옮기고 싶지 않았다. 언젠가 간호대학 학생 중 산업 간호사가 되고 싶은 희망자를 대상으로 산업보건에 대해 강의한 적 있다. 짧은 시간이지만 나에게 주어진 귀한 시간, 그들에게 도전하라고 강의했던 기억이 난다. 세상은 넓고도 넓다. 간호사의 길도 다양하다고 말해주고 싶었다. 세상에 나아가기 전 산업 간호사로서 갖추어야 할 덕목으로 가장 중요한 것은 역시 사람과 사람 간의 관계이다.

좋은 관계 유지를 위해 신뢰와 성실 그리고 따뜻함도 겸비해야 한다. 다양성에 대한 해박한 정보, 지식으로 늘 준비되어 있어야 한다.

직업의 세계가 다양해지면서 산업 간호사에게 요구하는 업무 능력은 늘 새롭게 변화하고 있다. 그에 맞추어 변화하지 않으면 우리는 사람과의 관계에서 좌절하고 말 것이다. 급변하는 현실에서 근로자들은 산업 간호사를 통해 많은 것들을 얻으려고 한다. 긴 시간 산업 간호사의 삶을 돌아볼 때 고단하였지만, 근로자 한 분 한 분과의 관계를 생각하면 그보다 더 뿌듯한 일이 없을 듯하다. 상담을 통해 잘 몰랐던 건강상의 문제를 같이 고민하고 좋은 방향으로 변화 되어 가는 그것이 나에게는 보람찬 일이었다.

그때 그 시절 병원 밖 다른 기회를 두려워하지 않고 과감히 용기를 내어 변화를 주었다는 점에서 그때의 나에게 "참 잘했다."라고 칭찬하고 싶다.


현장 위험에서 원인을 파악하고 사전 예방을 한다면 안전한 일터가 될 것이다. 그 일의 시작이 산업보건이라면, 얼마나 가치 있는 일인가. 얼마나 보람된 일인가. 나는 이 일을 사랑했고, 지금도 현장을 누비고 다녔던 나를 되돌아보면 자랑스럽고 당시의 추억들로 웃음이 나온다. 대한산업보건협회 마크를 달고 사업장 현장을 지나칠 때면 멀리서 근로자분들이 손짓한다. "전춘자 간호사, 오늘 점심 먹고 가세요.", "점심 식권 제가 드릴게요."라고 외치는 근로자가 있다. 밥 한 그릇의 인심이 얼마나 따뜻하게 와 닿는지. 많은 근로자의 소소한 관심과 챙김이 현장에서 긴 시간 일할 수 있는 버팀목이었다.

무엇보다 자신을 알고, 어떤 곳에서 어떤 일을 하고 싶은 건지 아는 것이 중요하다. 처음부터 모든 것을 갖춘 산업 간호사가 되기란 어려운 일이다. 도전하고 성취하고 작은 것 하나하나 온 마음으로 임한다면 산업보건의 세계에 우뚝 선 산업 간호사가 될 수 있으리라 믿는다.

## ‖ 9 ‖

## 작은 배려,
## 큰 위로

정진희

퇴근길, 익숙하던 계단에서 발을 헛디뎠다.

바쁜 날엔 뛰어오르기도 하고 어떤 날엔 터벅터벅 걸으며 하루를 정리하기도 했던 곳이다. 그날도 그랬다. 익숙한 장소였기에 아무 생각 없이 핸드폰을 슬쩍 보며 발을 옮기던 찰나 갑자기 몸이 휘청거렸다. 발을 헛디뎠고 중심을 잃은 몸이 순간적으로 기울더니 곧바로 오른쪽 발목에 강한 충격이 전해졌다. 복사뼈를 파고드는 날카로운 통증으로 그 자리에 그대로 주저앉고 말았다. 잠시 숨을 고르며 아픈 곳을 만져봤다. 붓는 것도 같았고 욱신거렸지만 일어설 수는 있었다. 그냥 좀 심하게 삐었다고 생각했다. 예전에 운동하다 삔 적도 있었기에 이번에도 그 정도일 거라고 쉽게 넘겼다. 그래도 혹시 몰라 병원을 찾았다. 그런데 의사의 말은 예상과는 전혀 달랐다. 발목뼈 골절이라고 했다. 순간 머릿속이 하얘졌다. 찰나의 순간이었는데 그날 이후 내 일상은 멈췄다. 씻고 밥을 먹는 소소한 일조차 조심스러워졌다.

　　우리는 병원 밖에서 일하는 간호사입니다

어쩔 수 없이 4주간의 병가를 냈다. 깁스를 한 채 한 걸음 한 걸음 내디딜 때마다 불편함은 이루 말할 수 없을 만큼 컸다. 특히 계단은 고통 그 자체였다. 단 한 칸을 오르려고 해도 온몸의 균형을 잡느라 안간힘을 써야 했다. 언제나 평평하게만 보였던 세상은 어느새 가파르고 험한 산처럼 느껴졌다. 병가를 낸 지 2주쯤 되었을 무렵 팀장에게서 전화가 걸려 왔다. 3주 차부터는 직출직퇴로 근무하라는 것이었다. 사무실로 오지 말고 바로 사업장으로 출근했다가 일이 끝나면 집으로 퇴근하면 된다는 내용이었다. 운전은 다른 산업위생관리기사 직원이 대신할 테니 걱정하지 말라는 말도 덧붙였다.

처음엔 내가 잘못 들은 줄 알았다. 내가 방문해야 할 대부분의 사업장은 2층이나 3층 건물에 있었고 엘리베이터가 없는 곳도 많았다. 그런 장소를 지금 아픈 다리로 오르내리라는 건가? 그 말을 듣는 순간 마음속 어딘가에서 무언가가 툭 하고 부서지는 소리가 들렸다. 분노와 실망이 동시에 솟구쳤다. 하지만 그 감정들은 꿀꺽 삼켜야만 했다. 입 밖에 낸다고 달라질 것이 없다는 것을 이미 알고 있었기 때문이다. 어차피 그 전화는 묻기 위해 걸려 온 것이 아니라 이미 정해진 답을 전달하기 위해 걸려 온 것이었다. 그건 누구보다 내가 잘 알고 있었다. 게다가 내 업무를 대신하고 있는 간호사 선생님들에 대한 미안함도 마음 한편에 자리하고 있었다. 병가를 내고 쉬는 동안 누군가는 내 몫까지 일을 감당하고 있다는 사실이 계속 마음을 눌렀다. 어떤 간호사도 티를 내진 않았지만, 그 힘듦을 모르진 않았다. 그래서 팀장의 말에 반박하지 못했다. 누군가에게 폐를 끼치고 있다는 죄책감이 있었다. 복귀해야 한다면 조금이라도 빨리 내 업무를 내가 해야 한다는 조급함이 다리가 아직 준비되지 않았다는 사실보다 더 크게 다가왔다.

그렇게 다시 출근을 시작했다. 다행히도 동료들은 따뜻하게 손을 내밀어 주었다. 아침마다 집 앞으로 차를 몰고 와 나를 태워주고 퇴근길에는 조용히 다시 바래다주었다. 그런 배려가 없었다면 하루하루를 버텨내기 어려웠을 것이다. 감사한 마음이 컸다. 그런데 이상하게도, 그 고마움과 함께 또 다른 감정이 밀려왔다. '나는 지금 누군가에게 짐이 되는 건 아닐까?' 하는 미안함이었다. 고맙고 미안한 감정들이 뒤엉킨 채 그렇게 며칠이 흘러갔다.

그러던 어느 날 평택의 한 사업장을 찾았다. 사업장 정문 앞 주차장에 도착하니 담당자가 주차장에 나와서 기다리고 있다가 1층에서 건강 상담을 하면 된다고 했다. 평소 같으면 2층 상담실에서 담당자와 근로자들을 만났었다. 그런데 그날은 나의 다리가 불편한 것을 알고 최 팀장이 근로자들을 1층으로 내려오게 했다고 한다. 부탁하지도 않았는데, 먼저 내 불편함을 살피고 배려해 준 그 마음이 참 고마웠다. 마치 추운 겨울 꽁꽁 얼어붙은 손에 살며시 따끈한 핫팩을 건네주었을 때처럼 따뜻했다. 내 발목의 고통보다 훨씬 무거웠던 마음의 짐이 한순간에 녹아내리는 것 같았다.

상담을 마치고 나니 담당자가 2층 구내식당 대신 계단이 없는 외부 식당으로 가서 식사하자고 했다. 최 팀장이 법인카드까지 챙겨주었다는 것이다. 순간 말문이 막혔다. 그냥 지나칠 수도 있었던 불편함을 애써 편안하게 만들어 준 그들의 다정함이 마음을 조용히 적셨다. 깊은 배려와 따뜻한 마음을 받고 나는 다시 한번 깨달았다. 누군가의 작은 배려가 얼마나 큰 위로가 될 수 있는지 그리고 마음에서 마음으로 전해지는 진심이 얼마나 오래 남는지를. 내 다리뿐 아니라 내 마음마저 보듬어 준 그들의 따뜻한 손길 덕분에, 그날의 발걸음은 한결 가벼웠다.

그날 나는 두 개의 계단이 떠올랐다. 하나는 내 몸을 지치게 했던 무겁고 힘겨운 오르막 계단이었고, 또 다른 하나는 누군가가 사뿐히 들어 올려준 배려의 계단이었다. 전자는 내게 고통을 안겨주었지만, 후자는 그 고통을 한없이 덜어주었다. 나는 산업보건 간호사로 일하며 수많은 근로자를 만나왔다. 다쳤어요, 아파요, 하며 고통스러워하는 근로자들에게 의무감으로 대하지 않으려고 늘 애썼다. 그런데 그날의 경험이 조용히 내게 물었다.

'나는 누군가의 어려움을 덜어주고 있었을까? 아니면, 모르는 사이에 더 늘리고 있던 건 아닐까?'

부상이나 질병으로 아픈 이들에게 "그 정도는 할 수 있잖아요." 그 한마디는 아픈 이를 더욱 아프게 만든다. 고통을 가볍게 여기는 순간 관계는 멀어지며 "조금이라도 편했으면 좋겠습니다."라는 다정한 위로는 아픈 이를 치유해 준다. 고통에 귀 기울이는 순간 관계는 깊어진다. 나는 오래도록 기억할 것이다. 그들이 내게 내밀어 주었던 평평한 길과 따뜻한 밥 한 끼는 내 삶에 깊은 위로와 힘이 되었다.

작은 행동 하나가 마음의 무게를 덜어주고, 아픈 몸보다 더 답답했던 마음을 가볍게 할 수 있다는 배려의 힘을 알게 되었다. '배려는 비용이 들지 않지만, 그 가치는 무엇과도 비교할 수 없다.'라는 말처럼, 배려는 작아 보일지라도 사람의 하루를 바꾸는 큰 위로의 힘을 지니고 있었다.

진심은 크지 않아도 또렷하게 남는다. 조용히 건네진 배려는 시간이 지나도 따뜻한 기억이 되었다. 그래서 나도 그런 사람이 되고 싶다. 지친 마음이 잠시 기대어 숨을 고를 수 있도록, 힘겨운 이에게 조용히 손을 건넬 수 있도록, 누군가의 하루를 조금 더 편하게 만들어 줄 수 있는 사람이 되고 싶다.

# 일터에서 배운 건강,
# 루틴이 되다

최숙형

우리는 건강을 잃었을 때야 건강의 소중함을 깨닫게 된다. 발바닥의 작은 티눈 하나로도 불편함을 느끼며, 아무렇지 않게 걷는다는 일이 얼마나 감사한 일인지 비로소 깨닫는다. 몸이 무겁고 지쳐 있을 때마다, 나를 지탱하는 힘은 결국 '나 자신을 돌보는 습관'임을 알게 된다. 건강은 생활 속 작은 루틴에서 비롯된다.

30년 산업보건을 하면서 다양한 직종과 연령대를 만났다. 상담자 중 가장 안타까운 경우는 건강에 문제가 있어도 자신의 건강에 무관심한 사람이다. 생활 습관 개선과 진료를 권해도 "내가 알아서 해요.", "왜 귀찮게 하나요?" 하며 상담을 거부했다. 특히 열악한 환경에 있는 경우에 관리가 더 어려웠다. 어려운 환경에서 일하는 근로자들은 현실의 생활이 어렵기 때문에 건강을 챙길 수 있는 여력이 없는 경우가 많다. 몸이 재산이라 건강을 챙겨야 함에도 건강은 우선순위에서 밀린다. 검진 결과를 관심 있게 알아차리고 관리했다면 사전에 막을 수 있는 질병이 많다. 병에 걸리고 난 후 감당할 비용과 치료 기간은 더 길어질 수밖에 없다.

반면 보람을 느꼈던 적도 많다. 건강상담을 통하여 대사증후군임을 초기에 알아차리고 생활 습관 개선으로 건강한 삶을 살고 계시는 분도 있다. 만날 때마다 간호사님 덕분에 건강해졌다고 고마워한다. 흉부 엑스레이 검사에서 종양이 발견되어 조기 폐암을 완치한 경우도 있다. 다양한 증상이 있는 분들과 상담하면서 그분들을 통해 나도 성장했다. 다양한 사례를 통해 질병에 대한 자료를 찾아보고 공부하며 더 많은 것들을 알게 됐다. 경험을 통해 배우는 공부는 오랫동안 기억되는 진짜 내 것이었다.

산업보건을 하면서 얻은 큰 장점은 나의 건강을 돌아보고 적극적으로 챙기게 된다는 것이다. 근로자에게 식생활 개선을 권하면서, 스스로 관리하지 않는다면 그 말에는 진정성이 없다. 허공에 흩어지는 메아리에 불과하다. 나의 배가 나왔는데 "살을 빼세요."라고 하면, 듣는 사람은 "너나 잘해라."라고 되돌려줄 것이다. 산업보건 현장에서 만난 사람들의 모습을 통해 건강이란 단순히 질병의 유무가 아니라 '삶의 태도'라는 사실을 배웠다. 그래서 스스로 건강 습관을 되돌아보게 되었다.

나의 건강 첫째 원칙은 잠을 잘 자는 것이다. 우리나라는 잠에 대한 부정적인 인식이 많다. 수험생에게 하는 말 중 4시간 자면 합격이고 5시간 자면 떨어진다는 말이 있다. 일을 위해 잠을 포기하며 살아가는 사람들이 많다. 해외에서 자동차여행 후 반납 시 운행기록을 보면 한국 사람이라는 걸 알 수 있다고 한다. 한국 사람들은 한 가지라도 더 보겠다는 욕심으로 잠을 줄여가며 구경한다. 이런 부지런함이 현재의 대한민국을 있게 했는지도 모른다.

하지만 최근 뇌 과학과 수면 과학이 발달하면서 잠의 중요성이 더욱더 강조되고 있다. 수면은 단순한 휴식이 아니라 뇌와 몸이 회복하는 시간이다. 깊은 잠을 자고 난 아침은 머리가 맑아지고 복잡했던 마음도 정리된다. 50대가 되어 깊은 잠이 얼마나 소중한지 깨닫게 된다. 잠을 못 자게 되면 평상시의 나쁜 습관이 나타난다고 한다. 머리가 맑지 않아 집중력이 떨어지며 이성적인 판단을 할 수 없다. 낮에 했던 공부도 장기기억으로 넘어가지 않는다. 사람마다 필요한 수면시간이 다르다고 한다. 성인 기준 평균 7~9시간은 자야 한다고 수면 전문가들은 말한다. 나도 가끔 상황이 안 되어 잠이 부족하면 피로가 오랫동안 이어진다. 의욕이 없고 식욕도 떨어진다. 피곤해서 운동조차 하기 힘들다. 생활이 엉망이 되어 버린다. 그런 경험을 하다 보니 어떠한 일이 있어도 7시간 수면을 지키려 한다.


두 번째로 중요하게 생각하는 건 마음의 건강이다. 스트레스는 마음의 독과도 같다. 쌓이면 마음이 무겁고 결국 몸마저 병들게 된다. 아무리 좋은 음식을 먹어도 마음이 편하지 않으면 내 것이 되지 못한다. 마음의 건강을 위해 내가 실천하고 있는 일은 감사 일기 쓰기다. 잠자기 전 오늘 있었던 일 중에 감사한 일을 떠올리고 가볍게 적어 본다. 스트레스 연구에 평생을 바친 한스 셀리에 박사님의 퇴임 강연에서 한 기자가 "스트레스 해소를 위한 가장 좋은 방법 한 가지만 있다면 무엇입니까?"라고 물었다. 그 질문에 한스 셀리에 박사님은 "감사."라고 했다. 감사는 마음의 건강을 지키기 위한 최고의 선물이다.

세 번째로 소중히 여기는 것은 운동이다. 운동은 육체를 단련하는 것보다 오히려 회복시키는 행위였다. 땀을 흘리며 걸을 때 머리가 맑아지고 걷는 발걸음에 맞춰 마음의 무게도 조금씩 가벼워졌다. 규칙적인 운동은 단순히 근육을 키우는 것이 아닌 삶 전체의 리듬을 건강하게 맞추는 지렛대가 되었다.

전주에서 오송으로 출퇴근한다. 하루 14시간을 밖에서 보내다 보니 시간을 내어 운동하기가 어렵다. 오송역에서 사무실까지 40분씩 아침저녁으로 걸어 다닌다. 최근 조성된 산책로를 걸으며 계절에 따라 달라지는 자연의 변화를 느끼며, 체력도 길러져서 1석 3조의 효과를 보고 있다.

네 번째로 소중히 여기는 것은 식생활이다. "내가 먹는 음식이 곧 나다.”라는 말이 있다.

　뭐든지 풍족하고 음식을 집까지 배달해 주는 좋은 시절에 살고 있다. 그러면서 야식 문화가 발달했고 매스컴에서도 야식을 부추긴다. 야식으로 복부비만이나 성인병은 자연스럽게 찾아온다. 상담할 때 여러 가지 성인병을 가지고 있는 사람들을 만나게 된다. 그들의 공통점은 음식에 대한 문제가 많았다. 야식과 간편식을 즐겨 먹었다. 나는 최소 12시간 동안 공복을 유지하며, 다음 음식을 온전히 맞이할 수 있는 충분한 시간을 가지려고 노력한다.

　수면, 스트레스 관리, 운동, 식생활, 이 네 가지 습관은 정신과 육체를 지탱하는 기둥이 되었다. 남이 정해준 건강법이 아니라 나에게 맞는 작은 습관들이 모여 삶을 단단히 지켜준다. 결국 건강은 특별한 순간에 오는 것이 아니다. 매일 작은 습관의 실천 속에서 자란다. 나만의 일상 계획을 세우는 일은 단순한 습관이 아니라, 나에게 건네는 다짐이자 삶의 태도다. 오늘도 나는 작은 루틴으로 내일의 나를 단단히 지켜 간다.

# 병원 밖에서도 일의 세계를 넓히는 법

병원 밖을 선택한다는 것은 하나의 길을 버리는 일이 아니라, 지금까지 쌓아온 경험을 다른 방향으로 넓히는 일일지도 모른다. 이 부록에서는 병원 밖 간호의 가능성과 선배들이 실제로 준비해 온 것들을 정리했다.

## 1. 병원 밖 간호의 주요 진로 한눈에 보기

### 1) 산업 간호사

* 근무처: 산업보건 전문 기관(보건관리 위탁), 일반기업, 공공기관, 건설업 등
* 역할: 건강관리, 작업환경 유해 요인 관리, 건강 증진관리 등
* 장점: 야간근무 없음, 장기근속 및 승진의 기회가 주어짐

### 2) 보건교사/보건관리자

* 근무처: 초, 중, 고등학교, 대학교 건강관리실
* 역할: 보건교육 및 행정

### 3) 공공기관 보건직, 건강증진센터

* 근무처: 안전보건공단, 국민건강보험공단, 보건소, 건강증진센터
* 역할: 보건지도, 국민 건강보험 관련 심사 및 행정, 정책 예방 중심, 상담 교육 등

## 4) 보건·안전 응급처치 교육 강사

  * 전문 교육기관

## 2. 선배들이 실제로 준비했던 것들

1) 산업안전보건법 공부

2) 산업위생기사, 산업안전기사 자격증 취득

3) 산업보건 관련 경력(건강검진 센터, 산업보건 센터 등)

4) "사람+법+문서+상담"의 직업이어서 관련 소양

# 성장,
# 일터에서 배우는
# 생존의 기술

# ‖ 1 ‖

## 위험이 사고가 되기 전,
## 현장에 서다

강명희

2005년부터 50인 이상 보건관리 위탁사업장을 관리하는 산업 간호사로 활동하게 되었다. 국고 업무에서 위탁 업무를 하는 새로운 시작이다. 업무에 대한 각오와 열정, 설렘을 가지고 사업장에 방문했다.

사업장 방문 전에는 방문 일정을 보내고 약속된 시간에 사업장에 방문한다. 연 2회 또는 4회는 의사와 동행한다. 하얀 가운을 입고 사업장으로 들어가면 경비아저씨가 반갑게 우리를 맞이하고, 면담 장소로 친절히 안내해 준다. 한 명씩 호출하면 건강검진결과표를 확인하고, 상담을 진행한다.

키움 전자 회계업무를 하는 30대 여성 근로자가 있었다. 나는 그 회사를 매달 방문하여 혈압 체크 및 상담을 진행했다. 6개월 이상 상담을 진행한 결과 혈압이 180/120mmHg 이상이었다. 병원 진료 및 약물치료를 권유했지만, 여성 근로자는 약물치료 자체를 거부했다. 거듭 설득하며 회사 보건 업무 담당자에게 조치할 수 있도록 보고해 봐도 그녀는 병원에 가지 않았다. 그러던 어느 날, 퇴근 후 저녁에 갑자기 뇌출혈로 응급실을 찾았다는 소식이 들려왔다. 결국 그녀는 젊은 나이에 부분적인 편마비 증세로 회사에 복귀하지 못하고 퇴사했다.

이후 회사에서는 산재 승인받을 수 있도록 노력했지만 승인되지 않았다. 근로자가 고혈압을 관리하지 않았기 때문이다. 보건관리자로서 강하게 설명하지 못한 것이 후회되었다. 나는 그 일을 통해 보건 업무 담당자와 좀 더 긴밀하게 업무 협의해서 산재를 예방하기로 결심했다.

우신 관리라는 업체를 담당했다. 그 업체는 원청사와 계약을 체결해서 편의점에 공급하는 김밥, 샌드위치를 만드는 공장을 위탁 운영했다. 아침 일찍 전국 편의점에 김밥, 샌드위치를 공급하고 있었다. 모든 직원이 야간작업을 한다. 근무 시간이 밤 9시에서 새벽 6시까지다. 경제적으로 힘들어 돈이 필요한 사람들이 겹벌이하는 경우가 많았다. 야간작업으로 인해 건강이 악화한 분이 많아 건강상담을 진행해야 했다. 저녁 시간에 갈 수밖에 없어서 저녁에 방문하다 보니 다른 간호사에게 사업장을 배분해 줄 수 없었다. 그렇게 내가 계속 매달 방문했다.

어느 날 소장님이 이런 말을 했다. "간호사님, 사는 게 왜 이리 힘든지 모르겠어요."

공정이 빠르게 돌아가다 보니 공정을 미처 속도에 맞추어 일하지 못하는 직원은 엄청난 스트레스를 받는다. 밤에 울고 그만두는 분도 많다고 한다.

야간작업으로 인해 육체적 · 정신적 스트레스로 질병이 악화하면 병가나 휴직을 주어야 한다. 노동자들은 건강이 회복된 후 작업에 복귀한다. 그리고 하루 두 번 고혈압약을 복용했지만 혈압 조절이 되지 않는 노동자들에게는, 야간업무를 주간 업무로 작업 전환 조치해야 한다. 조치하지 않으면 산재가 발생하기 때문이다. 나는 이렇게 매달 밤마다 사업장에 가서 근로자 건강을 챙겼다. 담당자의 업무 애로사항을 들어주고 산업안전보건법상 업무를 조언하고 지도했다. 그런 과정을 통해 산재가 발생을 막을 뿐 아니라 사업장과 보건협회가 끈끈해졌다.


2교대 야간작업을 포함한 교대근무를 하는 경비업체가 있다. 근무 나이는 대부분 50대 후반이다. 김성찬 근로자는 갑자기 구토와 메스꺼움, 어지럼증이 발생했다. 동료에게 잠깐만 쉬면 괜찮을 것 같다고 하면서 쉬었지만, 동료가 예전에 부모님 뇌졸중 증상과 같다고 생각해 119에 신고했다. 빠른 조치로 인해 편마비 증상 없이 회복하여 업무 복귀가 가능했다. 백성동 근로자가 야간순찰을 하러 나갔는데 돌아오지 않은 적도 있다. 동료 근로자가 찾으러 나섰고, 화장실 앞에 팔다리 마비된 채로 쓰러져 있어 119에 신고했다. 이미 편마비가 진행되어서 병원에 가서 치료했지만 회복하지 못했다. 결국 마비증세로 인해 회사 복귀가 힘들어 퇴사했다고 한다.

산업 간호사는 업무수행 중에 발생하는 질병이나 재해를 예방하는 일을 한다. 꾸준한 건강검진을 통해 건강 상태를 점검하고, 점검 후 관리가 필요한 근로자는 매달 방문하여 지속 관리한다. 작업환경에서는 부상을 예방하도록 교육해 주거나 상해 근로자에게는 응급처치해 주어 피해를 최소로 줄여 준다. 근로자에게 최상의 작업환경을 만들어 주고 건강을 유지하도록 도와주는 일이다.

보건관리 업무는 법적으로 위탁하여 수행하는 업무다. 이 일을 수행하는 위탁 기관도 많다. 사업장에는 산재 예방을 위해 열정적으로 일하는 보건관리자가 필요하다. 만족도가 낮으면 사업장은 다른 위탁업체를 찾아간다. 내가 얼마나 열정적으로 성실하게 산업안전보건법에 따라 사업장에 지도 조언하느냐에 따라 그 사업장의 만족도가 높아진다. 거의 모든 사업장은 산업 간호사가 필요하다. 만족도가 높아야 내가 속한 보건협회에 업무를 위탁하게 된다. 또한 계약이 유지되고 신규로 신청하는 업체도 늘어날 수 있다.

임상에서 벗어나 산업보건 분야로 방향을 전환하고 싶은 후배 간호사에게 말해주고 싶다.

산업 간호사는 사업장에서 근로자의 건강과 안전을 예방 관리하고 보건 행정업무를 수행하는 보건관리자다. 임상에서는 치료에 중점을 두지만, 산업보건에서는 사후 치료보다 사전 예방을 위한 노력이 매우 중요하다. 이 노력이 수많은 근로자와 그 가족들을 살린다.

"노력은 배신하지 않는다. 성공은 노력을 반복하는 데서 온다."라고 했다. 지속적인 자기 노력만이 산업현장 최전선에서 근로자의 건강과 안전을 지킬 수 있고, 유능한 산업 간호사로 성공할 수 있다.

‖ **2** ‖

# 건강관리는 사람의<br>마음에서 시작된다

강은주

지금과 달리 1990년대 초반에는 근로자 건강진단이 사업주의 의무 사항이었다. 이때는 연 1회 근로자 건강진단만 하면 사업주의 의무는 끝났기 때문에 사후관리에 대한 개념이 없었다. 그러나 보건관리 대행 제도로 인해 중소 사업장에 간호사가 방문하기 시작했고, 그때부터 비로소 사후관리의 개념이 자리 잡기 시작했다. 보통은 사업장 방문 전 미리 건강검진 결과를 받아 건강상담 대상자 목록을 만들고 이를 사전에 알렸다. 하지만 현장 근로자들이 항상 상담을 달가워하진 않았다. 사전에 고지를 했음에도 불구하고 외근 일정을 일부러 잡아 자리를 피했는데, 이런 경우 상담에 참여하도록 설득하는 일부터가 업무의 시작이었다.

하루는 성수동에 있는 소규모 인쇄공장에 방문하는 날이었다. 가족 같은 분위기의 회사로, 공장장은 직원들을 보살피고 배려하는 것이 몸에 밴 사람이었다. 특히 건강 이상 소견이 보이거나 건강상담이 필요한 근로자를 직접 선정해서 기다리곤 했는데, 상담을 해보면 근로자들을 정말 세심히 살피고 있다는 게 느껴졌다. 그렇게 선정한 대상자 중 늘 명단에 포함된 사람이 있었다. 해당근로자는 B형 간염 보균자이면서 간암 가족력이 있었다. 상담하는 중 간 담도계에 이상 증상이 보여 병원 진료를 권하니 그다음부터 건강상담을 피하기 시작했다. 몇 번의 시도 끝에 의사와 동행 방문하는 날 상담 자리를 마련할 수 있었다. 의사도 병원 진료를 적극적으로 권했다.

얼마 후 혈액 종합검사 결과지를 가져왔는데 간과 담도계 수치가 비정상이었고, 암 표지자 검사에서 간암 표지자가 굉장히 높게 나왔다. 이를 조심스레 설명하니 놀라고 당황한 눈치였다. 반드시 병원에 가야 한다고 설득하고, 근로자가 병원에 갈 수 있도록 공장에 배려하도록 부탁했다. 그 후 그분이 병원에 입원과 퇴원을 반복하다 결국 퇴사했다는 소식을 들었다. 그리고 얼마 지나지 않아 돌아가셨다는 소식을 듣게 되었다. 마음이 무겁고 안타까웠다. 그 시절에는 당장 살아가는 데 문제가 없으면 대수롭지 않게 여기다 치료 시기를 놓치는 경우가 종종 있었다.


연탄 공장을 방문해 상담을 진행하던 때였다. 마지막 순서였던 근로자가 몹시 화가 난 상태로 상담실로 들어왔다. 경비실에서 근무하는 분이었는데, 건강상담 대상자가 된 것이 불쾌한 눈치였다. 일하는 데 아무 문제가 없는데 괜히 건강상담 대상자가 되어서 회사로부터 불이익을 받을 수도 있다는 것이다. 상담이 거의 끝나갈 즈음에도 여전히 마음이 불편한 표정이었다. 그렇게 상담을 마무리하려다 "혹시 오늘 상담 외에 다른 궁금하신 점 있으세요?"라고 물으니 조금 머뭇거리다 갑자기 부인이 앓고 있는 질환에 대해 질문했다. 결국 본인의 고혈압보다 부인에 대한 상담에 더 많은 시간을 할애하고 난 뒤에야 상담을 마무리할 수 있었다.

한 달이 지난 뒤, 재방문 날이었다. 사업장 앞 경비실 초소를 지나며 서로 눈이 마주쳤는데 여전히 달가워하지 않는 표정이었다. 아니나 다를까, 이번에도 마지막 순서로 들어오며 지난번보다 더 격앙된 목소리로 본인에게는 전혀 문제가 없다고 항변했다. 이대로라면 전혀 상담이 안 될 것 같아 먼저 부인의 안부를 물었다. 순간 높았던 목소리는 간데없고, 언제 그랬냐는 듯 순한 양이 되어버렸다. 잠시 후 그분이 말했다. 형식적인 상담으로 생각했는데, 집사람 안부를 잊지 않고 물어 줘서 고맙고, 간호사의 진심이 느껴졌다고. 이 일을 계기로 그분의 태도는 180도 변했다. 내가 방문하는 날이면, 경비실 앞 임원 주차장을 내어주고, 방문 가방을 들고 건강 상담실까지 안내하였다. 그리고 늘 첫 번째 순서로 들어오는 건강 상담자가 되었다.

그런가 하면 먼저 의욕적으로 찾아오는 근로자도 있었다. 40대 중반의 남성 관리자였는데, 가족력이 있는 당뇨병 유소견자였다. 30대 후반부터 불규칙적으로 요당이 있다가 최근 들어 지속하여 검출되었다고 했다. 70대 중반인 어머니가 당뇨병성 신부전증으로 혈액투석을 받고 계시는 모습을 보고, 자신도 지금부터 관리해야겠다는 경각심이 들어 스스로 상담을 요청한 것이다. 키가 170cm인데 체중은 90kg이 넘었고, 간이 혈당검사 결과 역시 수치가 상당히 높았다. 당뇨병과 비만의 연관성, 표준 몸무게의 중요성을 설명하고 당뇨병에 맞는 식이요법과 운동법을 안내했다. 그리고 다음 달까지 스스로 실천할 수 있는 목표 몸무게를 설정하게 했다. 목표는 5kg 감량이었다. 그리고 내과 진료와 함께 당화혈색소 수치를 가져올 것도 덧붙였다.

한 달 후 그는 개선장군처럼 자신 있게 들어왔다. 체중 5kg 감량에 당화혈색소 수치 또한 정상이었다. 이후 1년 동안 꾸준히 관리한 결과 체중의 첫 자리가 '9'에서 '6'이 되었고 혈당 수치도 정상 범위 안으로 들어왔다. 이제 그의 목표는 '감량'이 아닌 '유지 관리'가 되었다. 이렇게 사후관리를 통해 건강을 회복하는 과정을 함께하며 나 또한 큰 보람을 느꼈다.


반면 특이해서 기억에 남는 사업장도 있었다. 한국전력공사 계열의 사업장으로, 한강 북쪽 산에 있는 송전탑들을 관리하는 곳으로, 근무자들은 매일 6~7km 이상 산을 오르내렸다. 당시 상담 카드에는 음주량을 기재하는 난이 있었다. 그들의 대부분은 매일 막걸리 한 병을 마신다고 적었다. 검진결과 간 수치는 모두 정상이었다. 수치가 정상수치니 절주에 관해 이야기하기도 애매했다. 그럼에도 절주의 필요성을 애기하는 나에게 근로자들은 "우린 즐겁게 마시고, 일일 정량을 지키고, 매일 등 산을 하니 괜찮다."라며 웃었다.

　산업보건 간호사의 업무는 산업안전보건법에 따라 그 범위가 정해져 있다. 그러나 문제를 해결하는 방법은 방문한 간호사의 몫이다. 우리는 수치로 보이는 근로자의 건강을 관리한다. 그러나 현장에서는 언제나 수치가 아닌 사람이 우선이었다. 가장 먼저 해결해야 하는 것은 사람의 마음을 얻고 소통하는 일이었다. 현장에서 주고받은 진심 어린 관심과 배려, 웃음과 감사의 말들이 서로의 삶에 원동력이 된다. 그러므로 근로자들의 건강하고 안전한 일터가 될 수 있도록, 함께 만들어 가는 동반자적인 역할이 산업보건 간호사의 중요한 역할이라 할 수 있다.

# ‖ 3 ‖

## 경력 위에 쌓은
## 또 하나의 배움

남경숙

어느 날, 부서 회의를 마치고 회의실을 나설 때 부장님이 무심히 말을 건넸다. "남 선생, 가톨릭대학원에서 학생 모집하던데 생각 없어요?" 때마침 산업보건 3년 경력자만 지원할 수 있는 산업 전문간호사 과정을 고민하던 시기였다. 유일하게 가톨릭대학원이 그 과정을 개설하고 있어서 선택의 여지가 없었다. 다만 늦은 나이에 공부를 다시 해야 한다는 부담감에 쉽게 결정을 내리지 못하고 고민하던 중이었다.

그때 부장님의 한마디는 마치 도전의 활시위를 당기는 계기가 되었다. 그저 지나가는 말, 가벼운 권유일 수도 있었지만, 이상하게도 그 순간 무언가 뜨겁게 일었다. 한동안 잠잠했던 배움에 대한 열망이 용솟음 쳤다. 그 길로 곧장 입학 요강을 찾아보았다. 전형 일정 학과 소개 수업 내용 등록금 등등…. 모니터 화면을 스크롤 하면서 마음은 점점 확고해 졌다. 지금이 아니면 평생 후회할지도 모른다는 말이 저절로 나왔다. 인생에서 중요한 결정을 했다.

40대 후반 대학원에 진학하겠다는 결심은 늦은 나이에 이직하여 산업 간호사로 일하게 된 것처럼 또 한 번의 도전이었다. 대학원 공부는 20대와는 전혀 다른 차원이었다. 처음 접하는 학문적 개념들, 끝없이 쏟아지는 과제, 그리고 퇴근 후 강의 시간은 육체적·정신적으로 지치게 했다. 이 나이에 왜 공부를 시작했을까? 머릿속이 후회로 가득했다. 그러나 한 가지는 분명했다. 더 넓고 깊게 산업보건을 공부하고 싶었다. 퇴근 1시간 30분 전 모두 근무 중인 사무실에서 먼저 퇴근한다는 미안한 마음을 뒤로하고 조용히 사무실을 나섰다. 매주 세 번 오후 6시부터 밤 10시까지 강의를 들었다. 강의는 5학기 동안 이어졌고 그 자체가 하나의 긴 시험이었다.

그럴 때면 엄마의 말씀이 떠올랐다. "세상일은 다 때가 있는 거야. 공부도 다 때가 있는 거란다." 엄마는, 늦은 나이에 공부한다고 애쓰는 딸이 안쓰러워 다독이셨다. 남편은 가끔 수업이 끝나는 시간에 맞춰 안산에서 서울까지 장거리 대리기사 역할을 자처했다. 고맙고 든든했다.

대학원에서의 시간은 단순히 지식을 쌓는 것만은 아니었다. 주말마다 밀린 과제를 하느라 책상에 붙어 있었고 논문을 준비하며 밤을 지새운 날도 있었다. 도서관에서 한 줄 한 줄 그어가며 읽던 논문. 그 모든 순간은 소중한 추억이 되었다. 실패도 있었다. 5학기를 마치고 산업 전문간호사 국가고시에 도전했다. 1차 필기시험은 무난히 통과했지만 2차 논술에서 아쉽게 문턱을 넘지 못했다.

국가고시는 1년에 한 번뿐이었기에 논술 시험을 위해 1년을 다시 공부해야 했다. 마음속에서는 '포기해야 하나? 이 나이에 일반 간호사든 산업 전문간호사든 뭐가 중요할까?' 하는 고민이 들었다. 하지만 곧 마음을 굳게 먹었다. 이 길을 선택한 이유, 산업 전문간호사가 어떤 의미인지 다시 떠올리며 한 번 더 도전을 결심했다.

그렇게 이듬해, 합격자 명단에서 내 이름을 찾았을 때 가슴이 벅차 숨이 막히는 듯했다. 스스로를 다잡으며 노력한 시간들이 떠올랐고, 눈물이 핑 돌았다. "드디어 해냈어!"라는 말이 저절로 나왔다. 그동안의 밤샘 공부, 낙방에 대한 불안, 포기하고 싶었던 많은 순간이 한꺼번에 주마등처럼 스쳐 지나갔다. 마침내 산업 전문간호사가 되었다.


우리나라의 산업현장은 빠른 속도로 변화해 왔다.

제조업 중심의 산업구조에서 물류, 서비스, IT 등 다양한 분야로 고도화되었다. 근로자들의 구성과 업무 형태도 다양해졌고 이에 따라 산업재해의 종류도 다양해지고 있다. 과거에는 끼임이나 절단 같은 물리적 요인에 의한 사고였다면 현대는 직무 스트레스, 감정노동, 뇌와 심혈관 질환처럼 복잡하고 만성적인 문제들이 늘어나고 있다. 그만큼 산업현장의 변화 속에서 보건관리자의 역할 또한 중요해지고 있다. 응급상황에 대한 대응이나 처치뿐만이 아니라 근로자들의 신체적, 정신적 건강까지

통합적으로 이해하고 관리해야 한다. 보건관리자의 고도화된 전문성이 요구된다.

40대 후반에 선택한 대학원 진학은 인생에서 중요한 결정이었다. 그 과정에서 깨달은 한 가지는 배움에는 나이와 상관없이 절실함이 있어야 한다는 것이다. 그 절실함은 경제적 욕구 충족과 못다 이룬 배움에 대한 갈망이 큰 요인으로 작용한다고 생각한다. 물론 이것은 아주 현실적인 관점이다. 반면, 온전히 학문적 호기심으로 만학도의 길을 걷는 사람도 있을 것이다. 나는 전자의 경우로 만학도가 되었고 그 결과는 현실에서 자아 욕구 실현으로 인생의 큰 전환점이 만들어졌다. 대학원에서의 전문적 지식을 바탕으로 지금은 관리감독자들을 교육하는 사내 강사로도 활동하고 있다.

강의 준비를 위해 새로운 자료와 현장의 사례를 찾다 보면 끊임없이 공부하고 노력해야 한다는 사실을 절실히 느끼게 된다.

하루하루 반복되는 업무 속에서도 사람의 건강과 안전이 최우선이라는 가치를 새기며 작은 신호도 놓치지 않는 간호사가 되고자 한다. 사명감과 책임감을 바탕으로 현장에서 신뢰받고 누군가에게는 든든한 버팀목이 되는 존재로 최선을 다할 것이다. 오늘도 나는 산업 전문간호사로 출근한다.

 우리는 병원 밖에서 일하는 간호사입니다

# ‖ 4 ‖

# 스트레스, 커피와 수다로
# 풀린 이야기

배경숙

눈이 잘 떠지질 않는다. 어젯밤 늦게까지 일했다. 사무실에서 미처 끝내지 못한 일을 집에 가져와 일하다가 잠이 든 거다. 꿈결에 숫자도 맞추고 보고서도 작성하면서 일하다가 잠에서 깼다. 깨어나 보니 일은 진척도 없고 잠만 설친 꼴이 되어 허망하다. 억울한 마음으로 자리를 털고 일어나 출근 준비를 한다. 잠자기 전 어려운 숙제는 내일로 미루고 늦은 시간에 울리는 카톡 소리도 확인하지 않은 채 잠잘 준비를 하곤 했었는데 어젠 달랐다.

스트레스란 말이 라틴어로 '좁게 조이다'라는 뜻이 담겨 있다고 한다. 나는 스트레스를 받으면 심장이 조여와 나의 기저질환인 혈압도 올라간다. 중년을 넘긴 나는 혈압을 관리하기 위해 스트레스 요인을 멀리하려 하고 있다. 스트레스가 질병으로 이어지는 것을 막아야 건강하게 오래 살 수 있기 때문이다.

사람은 누구나 스트레스가 있다. 내가 일상에서 겪는 스트레스를 한

번 떠올려 보면 잡다한 집안일과 회사 일이 쌓여있는 느낌, 사람과의 관계에서 생기는 갈등, 으레 대부분 겪는 것들이다. 육체적 힘듦은 쉬고나면 회복되지만, 마음고생은 오래간다.

일하면서 겪은 직장 내 스트레스가 있었다. 주요 요구가 달성되고 내외부 환경이 변화하면서 강성인 노동조합은 시간 흐름에 따라 조금씩 누그러졌다. 그리고 시간이 흐르면서 나의 스트레스도 정리되어 갔다. 이젠 분위기가 한결 좋아져서 다행인데, 당시의 일들이 지나간 일화처럼 생각이 난다. "시간 지나면 괜찮아져." 또는 "세월이 약이야." 이런 위로의 말들이 정말 맞는 것 같다. 여느 직장과 마찬가지로 평범한 일터에 완장 채워진 동료들이 나타난 것이다.
무슨 일이 일어난 걸까?

2011년 6월 보건협회에 노동조합이 설립되었다. 초대 집행부는 근로조건을 개선하고 부정부패를 척결하며 상생의 노사문화를 내걸고 많은 직원을 조합에 가입하도록 하였다. 해결해야 할 일들이 발생한 것이다. 노동조합은 조직력을 강화하며 성장해 나갔고 직원 급여, 근무조건, 직원 복지 등 많은 부분을 향상하고 개선하는 데 큰 역할을 하였다. 개인적으로도 노동조합의 대단한 성과에 박수를 보낸다. 처음부터 개인적인 신념으로 노동조합에 가입하지 않았거나 가입 이후 개인적인 입장이나

    우리는 병원 밖에서 일하는 간호사입니다

신념의 변화로 탈퇴한 소수의 인원도 생겨났다.

우리 보건관리 부서 인원은 서른 명 남짓했으며 대부분이 노조원이었다. 사무실에서 일하던 중에도 조합회의를 위해 6층 회의실로 자주 올라가곤 했다. 정기적인 회의나 행사를 개최하기 위한 사전 모임이다. 사무실에 덩그러니 남아 있는 비조합원은 나를 포함한 두세 명뿐이다. 아쉽게도 소수는 점차 고립되고 힘을 잃어 갔으며 슬퍼 보였다. 그래서 나는 더 열심히 일하고 성과를 내야 했으며 끝까지 버텨야 했다. 버티는 것도 용기가 필요한 일이었다.


비 온 뒤 죽순 자라듯 무리는 커나갔고 세력도 함께 커졌다. 출근길에 마주하면 서로 인사하던 사이였는데 어느 날 나보다 한참 어린 완장은 고개도 끄덕이지 않았으며 목에 채워진 깁스처럼 뻣뻣했다. 오랜 기간 완장들은 승승장구했으며 승진 운도 따랐다. 즐거워 보였으며 그들끼리 뭉쳤다. 나는 승진보다 동료와의 관계가 좋아야 기분 좋게 일도 하고, 일할 맛도 나고, 오래 일할 수도 있는 길이라 생각해 왔는데 말이다.

일에 대한 스트레스보다 동료와의 관계에서 느끼는 스트레스가 더 컸다. 망친 기분이 들었다. 잦은 불면과 스트레스로 내 얼굴빛은 노래져 갔다. 엎어진 물은 다시 담을 수 없듯이 되돌릴 수 없기에, 후회는 하지 않기로 마음먹었다. 그리고 나의 결정을 줄곧 존중해 왔다.

기분 전환으로 마시는 커피와 수다는 가장 유익한 처방전이다.

출근 후 사무실 책상 위에 가방을 아무렇게나 내려놓고 서둘러 탕비실로 향한다. 비슷한 연령대의 부서원 두세 명과 함께 루틴처럼 커피를 마신다. 아무 말 하지 않아도 되지만, 이말 저말 하면 더 좋고 재밌다. 같이 마시는 한잔의 커피와 수다가 나에겐 큰 위안이며 울타리이고 하루의 시작이다. 한 모금의 커피를 마신 후 달게 느껴지는 오늘은 최상의 기분이다. 기분 좋을 때 단맛이 더 강하게 느껴지는 이유는 뇌에서 세로토닌이나 도파민 분비가 증가하기 때문이라고 한다.

어젯밤 잠은 잘 잤는지, 저녁 반찬은 또 뭘 해 먹었는지, 모시고 사는 고령의 어머님은 밤새 별일 없으셨는지, 투정하듯 말하는 손 과장의 이야기에 귀를 기울인다. 이런 일상적인 대화가 싫지 않다. 그리고 서로의 의상을 훑어본다. 살짝 흰머리도 눈에 띄고, 전날보다 푸석해진 얼굴도 들여다본다.

나이도 비슷하니 건강 상태나 가족 문제 등 일상적인 이야기에 공감도 더 잘 된다. 직장 생활과 집안일을 하면서 일어나는 일상적인 대화가 서로에게 위안이 된다.

한잔의 커피를 마시며 떠들 수 있는 동료가 있어 좋다. 다행인 일이지. 다음 날도 맥락 없는 수다는 되풀이된다.

스트레스는 삶의 일부지만 그것을 어떻게 관리하느냐에 따라 삶의 질이 크게 달라진다. 많은 사람이 스트레스를 받으면 운동하거나 음악을 듣고 잠을 자거나 잘 먹는다. 우리는 각자의 방식대로 효과적인 방법을 선택한다. 사회적 관계가 잘 되어있는 사람들이 스트레스가 훨씬 적다고 한다.

동료와의 수다는 스트레스 해소에 많은 도움을 준다. 일하면서 느낀 억눌린 감정을 이야기하고 지지해 주고 공감해 준다. 일상적인 대화로 쌓였던 스트레스가 풀린다. 그래서 수다는 정서적으로 안정을 가져다준다. 오랫동안 함께 일하면서 신뢰할 수 있는 사이이기에 더욱 그렇다.

이 시간이 스트레스를 완전히 없애 주지는 않지만, 하루를 버틸 만큼은 가볍게 만들어 준다. 커피 한 모금으로 오늘의 기분을 가늠하고, 함께 웃고 떠들며 마음의 숨통을 튼다.

달게 느껴지는 커피 맛은 오늘 하루도 견딜 수 있겠다는 작은 신호다. 그렇게 나는 또 한 번, 스트레스 속에서도 나를 지켜내는 방법을 선택하며 하루를 시작한다.

**‖ 5 ‖**

# 피하던 강단 앞에서,
# 길은 시작되었다

신계숙

　강의는 과연 내게 가장 잘 맞는 일일까? 사실 과거에는 강의가 내 적성에 맞지 않았다. 강단에 서는 일이 내 길이라고 생각해 본 적이 없었다. 나와 맞지 않는다고 생각했기에 기회가 있을 때마다 피하고만 싶었다. 그래서 익숙한 건강진단국으로 다시 돌아가길 희망했지만, 운 좋게 복귀했던 건강진단국 업무도 2년의 공백 탓에 쉽지만은 않았다. 그렇게 어느 곳에도 정착하지 못한 채 3년이 흘렀다. 그러던 중 다시 교육사업국으로 이동하게 되었다. 아마도 과거의 강의 이력이 계기가 된 것 같다. 그 순간부터 강의를 바라보는 나의 시선은 조금씩 달라지기 시작했다.

　현재는 대한산업보건협회에서 안전보건교육 및 직무교육 과정 운영 전반을 책임지고 있다. 내가 하는 업무 대부분은 강의이다. 연간 평균 300시간 이상을 강의한다. 주로 집체 교육 형식으로 교육생을 모집해 운영한다. 가끔은 비대면 교육도 진행한다.

교육생들은 제조업, 건설업 등 다양한 사업에 종사하는 근로자들이다. 좀 더 구체적으로 말하면, 현장에서 근로자를 지휘, 감독하는 관리감독자와 이들에게 지도하고 조언하는 보건관리자가 주요 대상이다. 강의 목적은 사업장의 산업재해를 예방하고 안전보건 수준을 높일 수 있도록 실질적인 역량을 강화하는 데 있다.

올해 내가 맡은 교과목은 산업안전보건법, 중대재해처벌법 등 법과 관련된 내용이다. 교육생들이 다소 딱딱하게 느낄 수 있는 주제들이다. 반면 교육생들이 선호하는 과목도 있다. 응급처치, 스트레스 관리, 뇌심혈관 질환 예방 등이 그 예다. 이런 과목들은 내가 맡기 쉽지 않다. 교과목은 간호사와 산업위생기사 자격, 그리고 산업보건 분야의 경력에 따라 배정된다. 부서장으로서 일정 부분 과목 선택에 관여할 수 있지만, 대체로 다른 강사들이 꺼리는 과목을 맡게 되는 경우가 많다.

정규과목 외의 강의는 고객사인 사업장에서 별도로 요청이 있을 때만 진행한다. 간혹 그런 요청을 받을 때가 있는데 그런 순간은 반복되는 일상에서 작은 휴식처럼 느껴지기도 한다.

내가 강의에서 가장 중요하게 여기는 것은 교육생이 내용을 충분히 이해하고, 변화의 필요성을 스스로 느끼는 것이다. 때로는 교육 이후 현장에서 실제로 긍정적인 변화가 나타나기도 한다. 대표적인 사례가 H 사업장과 S 사업장이다.

　H 사업장에서 고령의 현업종사자를 위한 교육을 요청해 왔다. 작년 4월, 뇌심혈관질환 예방을 주제로 강의했는데 교육생들의 만족도가 높았다. 덕분에 올해도 만성질환에 관한 강의를 요청받았다. 하지만 올해 해당 과목은 이미 다른 강사에게 배정되었다. 강사료도 협회 기준에 미치지 못했다. 그런데도 내 강의가 꼭 필요하다는 간곡한 요청에 망설이지 않고 수락했다. 사업국 부서장으로서 수익도 고려해야 한다는 점은 잘 알고 있다. 하지만 나는 늘 정과 의리에 약한 사람이다. 때로는 이런 선택이 스스로도 실망스럽기도 하다. 그러나 돌이켜보면 손해 보는 선택이 항상 나쁜 것만은 아니었다. 이익보다 사람을 우선했을 때 그 선택은 더 큰 신뢰로 돌아온 경우가 많았다.

　이번 강의는 그 어느 때보다도 정성스럽게 준비했다. 특히 두 번째 요청이라는 점에 의미를 두었다. 표준화된 강의 교안을 사용하지 않고, 고령의 근로자들에게 적합한 내용을 담기 위해 밤새 직접 교안을 새로 만들었다.

　강의 당일, 내비게이션으로 거리를 미리 확인하고, 시작보다 1시간 일찍 여유 있게 출발했다. 서두르는 이유는 몇 가지가 있다. 첫째, 나는 길을 잘 찾지 못하는 길치이다. 둘째, 도로 상황이나 차량 문제 같은 변수에 대비하기 위해서이다. 셋째, 준비물을 빠뜨렸을 경우를 대비해 여유 시간이 필요하기 때문이다. 넷째, 사전에 준비되어 있지 않으면 불안해하는 성격 탓이다.

강의는 11시에 시작될 예정이었다. 나는 모든 준비를 마치고 일찍 출발했다. 예상대로 도착지 근처에서 길을 헤맸다. 마침 교육장 주변에서는 다른 행사도 열려 주차가 어려웠다. 논밭 사이 농로에 차가 들어서서 당황했지만, 주민의 도움으로 20여 분 만에 도착할 수 있었다. 일찍 출발한 덕분이었다. 사전 준비를 잘한 자신을 칭찬하며, 차분한 마음으로 강의 장소에 들어섰다.

강의는 경쾌한 음악에 맞춰 스트레칭으로 시작했다. 고령의 근로자들이 긴장을 풀고 강의에 집중할 수 있도록 유도한 것이다. 대부분 교육생이 열심히 따라 했다. 덕분에 시작부터 분위기가 부드러웠다. 나는 교육생들이 이번 강의를 통해 자신의 건강을 지킬 수 있기를 바라는 마음으로 강의를 마쳤다. 강의가 끝난 후 받은 따뜻한 감사 인사에 밤새워 준비하느라 쌓였던 피로가 순식간에 사라지는 듯했다.

다음 사례의 강의는 S 사업장에서 진행한 강의다. 주로 어린이집 원장들을 대상으로 한 안전 보건 교육이었다. 작년에는 관리감독자의 역할과 산업안전보건법을 주제로 강의했다. 이번에도 같은 주제로 다시 요청받았다. 재요청은 강사에 대한 신뢰가 담긴다는 뜻이기에 더욱 신중하게 준비했다. 교육생들의 업무 특성과 현장 환경에 맞춰 강의 내용, 동영상 자료, 사례 등을 새롭게 구성해야 했다. 좋은 평가를 받을 때는 뿌듯하지만 그만큼 부담감도 적지 않았다.

현실에서 하고 싶은 일만 골라서 할 수 없다는 걸 잘 알고 있다. 그럼에도 막상 준비를 시작하니 마음가짐이 달라졌다. 며칠에 걸쳐 영상을 재구성하고, 자료도 다시 정리해 교안을 완성했다.

강의 당일, 반갑게 맞아주는 담당자와 원장들 덕분에 기분 좋게 시작할 수 있었다. 협회에서 진행하는 대부분의 교육은 남성들이 대상인 경우가 많아 분위기가 다소 딱딱하거나 무거운 편이다. 이날 교육생들은 활기차고 긍정적인 에너지를 서로 주고받으며 분위기를 이끌어 주었다.

좋은 피드백은 모든 강사에게 더 나은 강의를 할 수 있도록 용기와 열정을 북돋아 준다. 이번 강의는 내가 무언가를 전달했다기보다, 오히려 그들로부터 긍정의 에너지를 얻고 자부심과 성취감을 느낀 시간이었다.

모든 교육생을 만족시키는 일은 쉽지 않다. 그러나 반복되는 준비와 강의 속에서 점점 강의의 의미를 새롭게 느낀다. 매번 교안을 다듬고, 현장의 상황과 교육생의 특성에 맞춰 내용을 구성하는 과정은 나를 성장시키는 소중한 시간이 된다. 프랭크 타이거의 말처럼 "성공이란, 좋아하는 일을 하는 것이 아니라 하는 일을 좋아하는 것"이다. 이런 이유로 강의는 나에게 잘 맞는 길임을 확신한다. 교육생들이 배움의 기쁨과 긍정의 에너지를 주고받는 순간, 강의는 단순한 지식 전달을 넘어 안전한 현장을 만드는 힘으로 확장된다. 나는 오늘도 이 강단에 서서, 교육을 통해 근로자의 안전과 산업현장의 변화를 만드는 길을 즐겁게 걷는다. 이 길이야말로 지금의 나를 가장 크게 성장시키는 길임을 확신한다.

## ‖ 6 ‖

# 실천은 가장 확실한 예방이다

이미숙

작은 실천이 건강을 지키고 증진하는 데 큰 힘이 된다. 누구나 알고 있는 상식이지만, 그것을 꾸준히 실천하는 사람과 그렇지 않은 사람 사이에는 분명한 차이가 있다. 본인의 건강에 관심을 두고 행동하는 사람은 건강한 삶을 이어가지만, 그렇지 않은 사람은 작은 위험에도 쉽게 무너질 수 있다. 운동과 영양 관리의 중요성을 모르는 사람은 없지만, 실제로 행동에 옮기는 이는 많지 않다.

현장에서 산업 간호사로 근무하며 근로자들을 만나는 동안, 잊을 수 없는 안타까운 일들을 겪었다.

건강검진 결과 수치가 높게 나온 근로자들에게 꾸준히 상담을 진행하며 병원 진료와 약물치료를 권유했다. 그러나 그중에는 비극적인 결과로 이어진 사례도 있었다. 상담받았던 근로자 중 한 명은 콜레스테롤과 혈압이 모두 높았다. 여러 차례 상담을 통해 식습관 조절과 정기적인 병원 방문을 권했다. 그러나 바쁜 업무와 피곤을 이유로 실천하지 못했다. 결국 어느 날 사업장에서 쓰러져 세상을 떠났다. 그날의 소식은 충격이었다. 한동안 마음이 무거웠다.

또 다른 예는 나와 나이도 비슷해 친근하게 지내던 근로자였다. 식습관 개선과 운동의 중요성을 여러 번 이야기했지만, "괜찮아요, 아직 젊은데요."라고 웃던 그의 모습이 마지막이 될 줄은 몰랐다. 심장마비로 갑작스럽게 세상을 떠났다는 소식을 들었을 때, 그 충격은 이루 말할 수 없었다.

이 사건들은 내 상담 방식과 보건관리자로서 역할을 깊이 되돌아보게 했다. 단순히 수치와 질병명을 설명하는 것만으로 마음을 움직일 수 없다는 걸 알았다. 이후부터는 상담 시 실제 사례를 중심으로, '그냥 높은 수치'가 아니라 '삶의 위기 신호'임을 실감하게 하는 상담으로 집중했다.

근로자들이 건강을 스스로 지켜야 한다는 메시지를 전하기 위해, 말 한마디에도 진심을 담기 시작했다. 이러한 경험은 전문적인 방향을 결정짓는 계기가 되었다. 상담을 넘어 근로자의 행동 변화를 끌어내는 힘을 탐구하고 싶었다. 그래서 박사 논문 주제로 '보건교육 프로그램이 남성 근로자의 이상지질혈증에 미치는 영향'을 선택하게 되었다.

20년 넘게 보건 업무를 하면서 보람된 순간도 많았다. 당뇨병은 식습관과 매우 밀접하다. 단순히 약을 복용하기만 해서는 혈당 조절이 어렵다. 식이요법과 운동요법을 우선 실천하도록 하며, 필요한 경우 약물 복용을 권장한다. 상담하는 근로자 중 한 명은 혈당 수치가 420mg/dL로 매우 위험했다. 초기에는 약물치료가 불가피하다고 판단되었으나, 그는 강한 의지로 탄수화물 섭취를 줄이고, 매일 1시간 걷기 운동을 실천했다. 그 결과 불과 3개월 만에 정상 범위로 회복되었고, 의사도 놀랄 정도의 변화를 보였다. 이후 그는 '관리만 잘하면 약물 없이도 충분히 조절할 수 있다'라는 자신감을 가지게 되었고, 같은 부서 동료들에게 좋은 본보기가 되었다.

또 다른 상담 근로자 역시 혈당 수치가 409mg/dL이었다. 앞선 사례를 듣고 본인도 할 수 있다는 용기를 가졌다. 그는 식사할 때마다 혈당 측정기를 사용하여 변화를 직접 확인했고, 점심 식단을 현미밥으로 바꾸고 간식을 줄이는 노력을 지속했다. 결과적으로 약물치료 없이도 현재까지 정상 혈당을 꾸준히 유지하고 있다. 이러한 경험은 상담 시 근로자들에게 실질적인 희망과 동기를 불어넣는 좋은 사례가 되었다.

산업 간호사로서 직업병 예방 상담과 교육도 중요했다. 근로자들은 사업장의 유해 요인을 잘 알지 못하는 경우가 있다. 소음성 난청, 진폐증, 근골격계 질환 예방 관리, 직무 스트레스 예방 관리, 뇌심혈관계질환 예방 관리 등을 교육하여 그 심각성을 알리고자 했다. 특히 소음성 난청으로 고통받던 한 섬유 회사 사장은 청력 보호구의 중요성을 알지 못한 채 사업을 운영했다. 그 결과 영구적인 청력 손실이 발생해 일상생활에도 큰 불편을 초래했다. 1981년 산업안전보건법 제정 이전의 현실이었고, 40년이 지난 오늘날에 이르러서야 제도가 자리 잡았다.

직무 스트레스 예방 관리 또한 매우 중요했다. 직무 스트레스는 개인적인 요인과 업무적 요인이 결합해 발생한다. 상담 과정에서 심리적인 부분은 다루기 어려웠다.

어느 날 한 사업장을 방문했을 때 소장의 불안한 모습이 눈에 띄었으나, 그날 상담을 하지 못했다. 한 달 후 자살 소식을 접했다. 평소 우울증 약을 복용하고 있었다고 하지만, 본인이 알려주지 않으면 알 수 없는 상황이었다. '좀 더 세심하게 살폈다면 결과가 달라지지 않았을까?' 하는 자책이 남았다. 이 경험은 심리학 공부를 다시 하게 만든 계기가 되었다. 이후 근로자 상담 시 더 큰 관심과 주의를 기울이게 되었다.


산업 간호사로 근무하며 직무 스트레스 관리의 중요성을 매번 실감한다. 스트레스는 단순히 마음의 문제로 끝나지 않고, 고혈압, 당뇨병, 심근경색과 같은 심각한 신체 질환으로 이어질 수 있다. 따라서 근로자들에게 '스트레스는 참는 것이 아니라 관리하는 것'이라며 꾸준히 전달하고 있다. 심호흡 훈련, 짧은 명상, 동료와의 대화 등 작은 방법들이 실제로 긴장을 완화하고 회복탄력성을 높이는 데 영향을 미친다.

특히 최근에는 산업안전보건법에서 직무 스트레스 예방 교육을 강화하고 있어, 사업장에서 이에 대한 체계적인 프로그램을 운영하는 것이 필수가 되었다. 현장에서 만난 근로자들은 교육을 통해 '내 마음의 건강도 관리가 필요하다'라는 사실을 깨닫고, 상담에 적극적으로 참여하기 시작했다. 이러한 변화는 조직의 안전 문화 정착에도 긍정적인 영향을 미친다.

실천이 왜 중요한지는 여러 경험 속에서 나타났다. 예를 들어, 당뇨병 관리에서 단순히 복약만 하는 경우와 동시에 운동과 식이요법을 병행하는 경우는 전혀 다른 결과를 가져온다. 실제로 현장에서 만난 근로자들이 '시간이 없다,' '귀찮다'라는 이유로 생활 습관을 바꾸지 못한다. 그러나 하루 30분 걷기, 음료수를 물로 대체하기, 늦은 저녁 식사를 줄이는 등의 작은 변화는 놀라운 효과를 보여준다. 이러한 실천을 이어간 근로자들은 건강검진에서 좋은 결과를 받고, 무엇보다 삶의 활력을 되찾는다.

우리는 건강을 지키는 데 필요한 지식을 이미 알고 있다. 문제는 '아는 것'과 '행동하는 것' 사이에 차이가 있다는 것이다. 결국 꾸준히 실천하는 사람이 건강을 얻는다. 운동이 중요하고, 올바른 식습관이 필요하다는 사실은 누구나 알고 있지만, 그 지식을 생활 속에서 실천하느냐가 건강을 지키는 기준이다.

건강은 하루 만에 만들어지지 않는다. 어제의 습관이 오늘의 나를 만들고, 오늘의 선택이 내일의 건강을 바꾼다. '다음에', '내일부터'라는 말은 결국 변화를 늦출 뿐이다. 지금 우리가 살아가는 시대는 100세 시대다. 오래 사는 것보다 더 중요한 것은 건강하게 오래 사는 일이다. 질병이 찾아오고 난 뒤에야 건강의 가치를 깨닫는다면 이미 늦을 수 있다.

변화는 행동하는 순간부터 시작된다. 알고만 있는 것에 머무르지 말고, 작은 것부터라도 직접 실천하는 용기를 내야 한다. 오늘의 실천이 내일의 건강한 삶을 만든다. 지금 시작하는 작은 행동 하나가 앞으로 삶을 분명 더 건강하게 바꿔줄 것이다.

## ‖ 7 ‖

# 나를 지켜낸
# 건강 습관

이은미

우리 집에서 조금만 걸어가면 중랑천이 보인다. 그 길을 따라가면 잘 만들어진 산책로와 자전거길이 이어진다. 눈비가 오지 않고 특별한 일이 없으면 나는 매일 중랑천을 달리고 나서 상쾌한 마음으로 출근 준비한다. 집에서 사무실까지 30분 거리라서 출근에 대한 스트레스는 거의 없다. 가끔은 출근 전부터 사무실 앞에서 검진을 위해 기다리는 분들이 계실까 봐 서둘러 출근할 때도 있다.

건강진단국은 근로자가 직접 작성한 문진표를 대면으로 확인해야 한다. 그 과정에서 근로자와 민원이 발생하는 경우가 종종 있어 늘 긴장의 연속이다. 예방접종 시기가 되면, 진단 팀에는 생후 한 살부터 아흔이 넘은 어르신들까지 다양한 사람들이 방문한다. 한순간도 긴장의 끈을 놓을 수가 없다. 하루 8시간 긴장 속에서 업무를 마무리하고 집에 돌아오면 아무것도 못 하고 꿈나라로 가곤 한다. 심지어 저녁 식사조차도.

하지만 아침 일찍 일어나 중량천 길을 달리다 보면 에너지가 재충전되어 하루를 신나게 시작한다. 달리기 후 마지막 가쁜 호흡 뒤에 찾아오는 상쾌함은 운동하는 사람들만 느낄 수 있는 특별한 선물 같다.

대한산업보건협회는 매년 4월, 전국지역본부가 모여 체육대회를 한다. 각 지역본부는 1월부터 3월까지 사업 시작으로 바쁜 시기지만, 체육대회를 준비하기 위해 최대한 업무를 빨리 정리하고 연습한다. 경기 북부센터는 직원 숫자가 적어 상대적으로 직원 수가 많은 부산이나 전북 등 다른 지역본부에 비해 불리하다. 대회 종목 중에 여자 마라톤이 있었는데 개인전이다. 이 종목에서 좋은 성적을 얻으면 지역본부 간 최종 순위가 변경될 만큼 큰 영향을 주었다. 나는 여자 마라톤대회에 참가하여 1등을 차지해 경기 북부센터의 최종 순위를 중위권까지 끌어올릴 수 있었다. 상금도 넉넉히 받아 경기 북부센터 직원 전체 회식을 하며 기쁨을 함께 나누었다.

경기 북부센터 건강진단국에서 경인지역본부 교육사업팀으로 지원하였는데 원하는 대로 인사 발령이 났다. 그러나 출퇴근 시간을 고려하지 않아 나의 하루가 흔들리기 시작했다. 업무로 인한 스트레스도 달리기로 꾸준히 건강관리를 해온 나는 건강검진 결과도 정상으로 잘 유지해왔다. 그동안은 출퇴근 시간이 30분이면 충분했는데 수원까지 왕복 6시간으로 늘어나면서 운동할 시간도, 걸을 시간도 없이 출퇴근 시간에 매달리게 되었다. 건강검진 결과 수치도 정상 범위를 벗어나기 시작했다.

아침 5시 30분 버스에 몸을 싣고 8시 30분에 사무실 도착하는 긴 시간은 허리에 무리가 오기 시작했다. 출퇴근 시간으로 지친 나는 밤 10시가 넘은 시간에야 저녁 식사하고, 다음날 출근을 위해 곧바로 잠이 드는 날이 많아졌다. 야식에 가까운 저녁 식사는 소화 장애로 이어졌다. 아침 식사는 가수면 상태라 건너뛰기 일쑤였다. 늦은 식사 후 피곤하여 잠자리에 바로 드니 운동 부족으로 혈당이 상승하기 시작했다. 한번 올라가기 시작한 혈당 수치는 해가 지나갈수록 더 높게 올라갔다. 검사 결과를 보고 의사는 투약이 필요하다고 걱정스럽게 말했다. 하지만 나는 '정년 후 운동과 식이요법으로 조절할 수 있어.'라고 생각하며 치료 시기를 하루하루 미뤄갔다. 시간이 지날수록 수치들은 정상 범위로부터 더 멀어지며 치료 시기를 놓치고 있었는데 말이다.

당뇨병은 췌장이 충분한 인슐린을 만들어 내지 못하거나 몸의 세포가 만들어진 인슐린에 적절하게 반응하지 못하여 혈액 안에 당 수치가 높은 상태다. 성인은 유전적 요인과 많은 식사량과 운동 부족으로 인한 경우가 대부분이다. 당뇨병은 검사하지 않으면 초기에 알기가 어렵고 진행된 후에 알게 되는 경우가 많다. 당뇨병의 대표적인 증상은 [4]다뇨, [5]다음, [6]다갈 등이 있다. 이 같은 증상은 당뇨가 진행되는 초기 과정에 나타난다. 공복혈당과 3개월간의 평균 혈당 수치인 당화혈색소를 검사하여 정확한 진단을 내릴 수 있다. 검사 결과에 따라 의사가 처방하면 바로 약 복용을 시작할 수도 있다. 꾸준한 운동과 식이요법도 병행하여야 한다. 치료 시기를 놓치면 합병증이라는 무서운 결과가 따른다. 당뇨약을 처음 복용하게 되면 소화가 잘 안되고, 속이 불편한 증상이 나타날 수 있다. 이는 약물 부작용이 아니라 당뇨약 성분에 있는 식욕억제 작용으로 인한 증상이라고 한다.

검사를 받지 않으면 당뇨병은 초기 치료 시기를 놓칠 수 있다. 정기적인 건강검진을 통해 초기 진단을 받으면 식이, 운동, 스트레스 관리 등으로 조절할 수 있다. 당뇨병은 정확하게 진단받고 대처해야 하는 질환이다. 어느 질환보다 초기 예방에 신경 써서 관리해야 한다. 시력상실이나 발 절단 등 무서운 합병증은 지속적 식이요법과 식후 30분 운동, 꾸준한 병원 관리로 예방할 수 있다. 식사 순서도 뷔페 식단 배열처럼 순서대로 섭취하고 단백질 등 고른 영양 섭취가 중요하다. 식후 30분 이내

4)    잦은 소변
5)    많이 마심
6)    갈증 많이 남

운동은 혈당이 높은 수치로 상승하기 전에 조절하여 혈당 상승을 예방
해 준다.

건강을 위해서는 스트레스를 관리하고 생활을 즐기는 긍정적인 마음
을 가져야 한다. 하루 30분 이상 운동하기, 적절한 식사 및 체중 관리 등
건강을 위한 습관으로 만들어야 한다. 하루 30분 걷기처럼 작은 실천을
꾸준히 하면 건강은 친구처럼 나를 지켜주게 된다.

**‖ 8 ‖**

# 일터가 가르쳐준
# 삶의 의미

전춘자

내가 근무했던 울산이라는 도시는 우리나라 굴지의 대기업인 현대자동차, 현대중공업, SK, S-OIL 등이 자리하고 있는 공업 도시이다. 그중에서도 현대중공업은 무에서 유를 창조한 고 정주영 회장의 역사가 깃든 곳이라 울산에서는 조선업을 보유한 도시로써 자부심이 대단하다.

93년 전후부터 나는 현대중공업 내 사내 협력사를 대상으로 보건관리 대행 업무를 하게 되었다. 보건관리 대행 제도가 시행된 지 얼마 되지 않아서인지, 현대중공업 원청에서도 제도에 대한 인식이 부족했던 시기라 협력사 관리하기에 어려움이 많았다. 그때 만났던 분들과는 아직도 연락하며 근황을 물어보기도 하고, 안부를 묻는다. 아마 어려운 시절 힘듦을 같이 나누어서인지도 모르겠다.

산업 간호사의 덕목 중 가장 중요한 것은 신뢰이다. 현대중공업 협력사를 관리하면서 많은 근로자를 만났다. 그들의 질병 관리 및 건강 유지에 대해 상담도 하고 보건교육도 했다. 긴 시간 만나왔던 근로자분들을 통해 나에 대해 깊은 신뢰가 있음을 느꼈다. 그래서 현대중공업 협력사 관리를 못 하게 되었을 때 눈물이 날 정도로 마음이 아팠다. 친한 동료와 헤어질 때처럼 마치 오랜 친구와 헤어지기라도 하는 듯 섭섭했다. 현대중공업을 떠나고도 오랫동안 그랬다.

현대중공업은 야드가 워낙 넓어 사내 협력사업장을 찾아가기가 무척이나 어려운 현장이다. 당시만 해도 컨테이너를 사무실로 개조하여 사용하고 있었다. 작업 상황에 따라 사무실인 컨테이너를 옮겨버려, 방문할 때마다 사무실 찾아가기가 힘들었다. 전날 전화 통화를 통해 내일 주요 업무 내용에 대해 총무님과 이야기하고, 몇 시까지 방문하겠다는 약속을 한 뒤 다음 날 아침 일찍 출발한다. 현대중공업 야드는 시시각각 작업 물량에 따라 야드 모양이 바뀌어서 어제의 사내 도로가 오늘은 선박 부품 적재 장소로 변경되는 건 다반사다. 또한 중량물 이송 장비 트랜스포터가 넓디넓은 사내 도로를 점령하여 자가용은 무작정 기다려야만 했었다. 일찍 출발해도 지각하고 만다.

근로자분들은 현장에서 용접, 취부, 도장 등 일을 한다. 간호사의 상담 요청에 미리 와서 기다리는데 간호사는 지각이라…. 눈앞이 캄캄할 일이다. 있을 수 없는 일이다. 하던 일을 멈추고 거리가 있는 먼 현장에서 사무실까지 시간 맞추어 오셨는데 간호사는 지각이나 하고. 하지만 간호사 도착 전에는 온갖 불만들로 약속을 어긴 데에 화를 버럭버럭 내다가도, 내가 도착하면 언제 화를 냈는지 모를 정도로 순한 양이 된다. 마음씨 좋은 아저씨들로 변해있다. 오랜만에 만나 반가워하고 건강 상태를 이야기하며 자세하게 그동안 본인들의 사정들을 이야기한다. 간호사의 조언이 필요한 일이 있을 때는 주어진 짧은 시간에 긴 이야기를 속사포처럼 풀어놓기도 했다. 언제 화가 났냐는 듯 맑은 얼굴에 순한 미소를 지으며 헤어질 때는 다음 방문일이 언제인지 확인하고 가시곤 한다. 그때 그분들의 순박한 모습은 그 후 오랫동안 사회생활의 자양분이 되었다.

현대중공업 협력사 담당 간호사로서 오랜 기간 일하며, 근로자들로부터 '산업안전보건법' 미이행과 관련된 각종 사건 사고, 특히 산업재해와 직업병 관련 질문을 자주 받았다. 대한산업보건협회는 몰라도 H 중공업에서 나를 모르는 분들이 없을 정도였다. 지금 생각해 보면 그들이 나에게 물어오는 질문 각종 상담 등에 발 벗고 나서서 해결하는 것에 초점을 맞추고 일을 했기 때문인 것 같다. 그것은 근로자뿐만 아니라 대표자, 업무 담당자가 부탁해도 마찬가지였다. 당시에는 인터넷도 없었고 산업안전보건법에 대한 인지도가 낮은 편이어서 관계기관에서의 도움이 절실하던 시기였다. 아날로그 세대의 나로서는 물 만난 시장이었다.

현대중공업 사내 협력사 대부분은 90년 중반 당시만 해도 열악한 작업 현장에서 일했다. 선박을 만드는 공정은 기준치를 초과하는 소음, 중금속 분진, 페인트 작업으로 발생하는 각종 유해인자에 노출되어 직업병으로부터 안전한 현장은 아니었다. 선박 조선업이 급속도로 발전하면서 직업병 예방을 위해 대한산업보건협회의 역할도 중요하게 대두되었다. 보건관리 대행 업무를 통하여 직업병 예방과 건강상담을 했으며 휴식 시간을 이용하여 현장에서 10분 보건교육도 실시하였다.

보건교육 내용으로 가장 먼저 다루었던 내용은 유해인자별 보호구를 착용하는 것이었다. 습관을 바꾸는 일이 얼마나 많은 시간이 소요되는지 알게 된 기회였다. 현대중공업 시작부터 보호구를 착용하지 않은 상태로 선박 업무를 했던 분들이어서 습관 바꾸기가 쉽지만은 않았다. 이유는 단순했다. 불편하다는 이유에서다. 청력저하가 이미 시작되신 분들에게 귀마개는 소음을 차단해 난청 진행을 예방하는 효과보다는 그저 답답함을 유발하는 물건으로 생각하기 때문이었다.

보건관리 대행 간호사의 의료 가방에는 현장 순회하면서 착용할 수 있는 보호구를 항상 가지고 다닌다. 면대면 건강상담 시 귀마개 올바른 착용법 교육을 하고 실습도 했다. 현장 순회 때는 방진 마스크, 귀마개, 안전모 등 적정 보호구 착용 후 업무에 임했다. 이러한 나의 활동은 소음성 난청 진행을 멈추고 직업병 발생을 사전 예방하기 위한 시각적 교육이었다. 현대중공업 원청의 지속적 협력사 관리도 있었지만, 보건관리 대행 업무를 통해 작업환경관리 · 건강관리 · 보호구 관리 등 간호사, 의사, 위생기사의 전반적인 업무 지원으로 직업병 및 작업 관련 업무상 질병 예방에 큰 역할을 하였다고 감히 말할 수 있다.

현대중공업 협력사 중 J 기업 김 대표 사례이다. 관리 인원 200명이 넘는 규모가 있는 업체였다. 대한산업보건협회에서 기타 사업으로 하는 혈액 종합검사를 대표님에게 해주었다. 최근에 많이 피곤해하고 감정 기복이 심해서 함께 하는 분들이 힘들다고 하소연했기 때문이다. 결과는 내분비계에 문제가 있는 것으로 진단 되었다. 바로 수술했고 오랫동안 치료를 받았다. 대표님은 만날 때마다 담당 간호사가 자신을 살렸다고 고마운 마음을 전했다. 이 소장님은 건강검진 시 만성 빈혈로 진단받아 종합검진을 권유했다. 검사 결과 그는 위암으로 진단받았다. 수술 치료를 받았고 지금은 현장으로 복귀했다는 이야기를 들었다. 매년 진행하는 직장 건강검진이 검진에서 끝나지 않고, 질병을 사전에 찾아내는 1차 예방검진으로 본다면 참으로 의미 있다. 검진 결과에 대한 조언 덕분에 많은 분이 질병을 조기에 찾아낼 수 있었고, 치료하여 건강을 회복할 수 있었던 것은 보건관리 대행 업무를 하면서 뿌듯한 일 중의 하나다.

중대재해 처벌 등에 관한 법률 제도가 도입되면서 중 소규모 사업장도 중대 재해 예방을 위해 추가되는 일들이 늘어났다. 근로자 또한 근로자의 의무가 점점 부가되면서 현장 업무 외에 해야 할 것들이 늘어나는 느낌이다. 이 또한 소통과 서로 간의 신뢰가 있다면 모두 가능한 일이라 생각된다. 일이 일에서 그치면 힘들고 지치지만, 서로를 알고 시작한다면 이보다 더 신나는 일이 또 있을까.

과거의 산업보건과 지금의 산업보건은 많이 달라졌다. 산업보건의 중심에는 사람이 있다, 사람 간의 신뢰와 소통이 원활하다면 못 할 게 없다. 급변하는 시대, 현장 사람들 속에서 그래도 희망인 것은 우리가 서로 신뢰하고 있기 때문이다.

 우리는 병원 밖에서 일하는 간호사입니다

# 9

## 강한 목소리보다
## 따뜻한 눈빛

정진희

매일 아침 나는 한 생명을 지키겠다는 다짐으로 하루를 시작한다.

사업장으로 나서는 발걸음에는 무거운 책임감이 담겨 있다. 눈에 보이지 않는 수많은 위험과 마주하는 공간에서 나는 누군가의 건강과 생명 그리고 그들이 살아가는 삶의 무게를 함께 짊어진다. 그 책임감은 때로 어깨를 무겁게 누르지만 동시에 나에게 힘이 되어 다시 일터로 나아가게 만든다.

그날 첫 상담 대상자는 폐기물을 운반하는 사업장의 한 근로자였다. 겉으로 보았을 때는 덩치도 크고 건강해 보였다. 하지만 혈압계에 찍힌 숫자는 내 심장을 단번에 조여 왔다. 190에 100, 정상 범위인 120/80mmHg를 훌쩍 넘는 위험한 수치였다. 곧 이어진 혈당검사에서는 더 충격적인 결과가 나왔다. 360. 공복 혈당 기준으로 심각한 수치였다. 정상 수치인 100mg/dl 이하와는 비교할 수 없을 만큼 높았다.

나는 조심스럽게 생활 습관을 물었다. 그는 잠시 머뭇거리더니 운동은 하지 않고, 하루 담배 한 갑과 매일 소주 한 병씩 마시는 게 일상이라고 했다. 혈압과 당뇨 가족력도 있었다. 마음이 점점 더 다급해졌다. 머릿속에서 빨간 경고등이 켜졌다. 이대로 두면 정말 위험하다는 생각뿐이었다. 나는 최대한 차분하게, 그러나 단호한 목소리로 말했다.

"고혈압은 뇌출혈이나 심근경색 같은 심각한 병으로 이어질 수 있어요. 당뇨가 악화하면 신장 기능이 떨어지고 심하면 시력까지 잃을 수도 있고요. 현재와 같이 흡연과 음주 같은 습관이 계속된다면 건강이 빠르게 나빠질 수밖에 없어요."

그분은 대수롭지 않게 생각하는 듯했다.

"에이, 지금까지 잘 살아왔는데 무슨…. 저는 담배는 못 끊어요. 그러려면 회사부터 그만둬야 한다고요. 또 약을 한번 먹으면 평생 먹어야 한다면서요. 그런 짓을 왜 해요? 그냥 이대로 살다가 죽으면 되죠!"

나는 그대로 물러설 수 없었다. 혈압이 이 정도면 언제 어디서든 쓰러질 수 있고, 혈당이 더 오르면 고혈당 쇼크가 올 수도 있다고. 그 상태가 계속되면 말초혈관 질환으로 다리를 절단할 수도 있고, 결국엔 신장까지 망가져 혈액투석을 받아야 할 수도 있다고 덧붙였다. 내 말은 겁을 주려는 의도도, 다그치고 싶은 것도 아니었다. 그저 이 상황의 심각성을 조금이라도 더 진심으로 전하고 싶었다. 정말로 그의 삶을 지켜주고 싶은 마음에서 나온 절박한 외침이었다. 상담하는 동안 분위기는 무겁게

가라앉았다. 그는 고개를 숙였다. 나는 숨을 내쉬며 천천히 말했다. 지금부터 생활 습관을 바꾸고 병원에 가면 충분히 막을 수 있다, 아직 늦지 않았다고.

나는 마지막으로 다시 한번 강하게 말했다. 지금 당장 변화하지 않으면 돌이킬 수 없는 상황이 올 수도 있으니 빨리 병원에 가서 진료받아야 한다고….

그러나 며칠 뒤 담당자에게서 걸려 온 전화 한 통이 나를 멍하게 했다. 상담을 받았던 근로자가 자신을 하대하는 것 같아 불편했다는 말이었다. 앞으로는 조금만 조심해 달라는 부탁이 이어졌다. 그 말을 듣는 순간 뒤통수를 세게 얻어맞은 듯 가슴이 철렁 내려앉았다. 하대라니. 나는 그저 그의 건강이 걱정돼서 말했을 뿐인데 왜 그렇게 들린 걸까? 어디서부터 어떻게 어긋났던 걸까? 마음이 한없이 복잡해졌다. 그 순간의 나는 다급했고 간절했다. 그의 건강을 지켜야 한다는 책임감에 아마 말투도, 표정도 평소 같지는 않았을 것이다. 나는 깊이 자책했다. 진심이었는데, 그것이 누군가에게 상처를 주었다면 그것은 더 이상 좋은 말이 아닐지도 모른다. 정답을 말하는 것과 마음을 다해 말하는 것은 다르다는 사실을 알 것 같았다.

돌이켜보니 내 말은 빠르고 직설적이었다. 거르지 않고 일방적이었다. 그날 이후, 나는 오래도록 그 전화 내용을 내려놓지 못했다. 문득문득 생각났다. 상담하면서 내가 했던 말투, 표정, 숨소리까지도. 혹시 너무 단호했나? 혹시 그 순간 내 마음보다는 조급함이 앞섰던 건 아닐까? 돕고 싶은 마음이 앞서 내 방식을 고집했던 건 아닌지 스스로 조심스럽게 되물었다.

한 달 후 다시 그 근로자를 만났다. 하지만 검사 수치는 나아지지 않았다. 혈압은 220에 110이고 혈당은 380이었다. 이번엔 뭐라고 말해야 할까? 지난번처럼 마음을 닫아버리면 어쩌지? 그렇다고 아무 말도 하지 않고 돌아설 수는 없고…. 나는 한참 동안 아무 말도 하지 못했다. 입술까지 올라왔다가 멈춘 말들이 가슴속에서만 맴돌고 맴돌았다.

사무실로 돌아오는 길 내 마음은 계속해서 흔들렸다. 그 순간 문득 법륜스님의 말이 떠올랐다.

"말은 마음을 전달하는 수단이지 마음 그 자체는 아닙니다. 말보다 중요한 것은 그 사람의 마음을 먼저 헤아리는 것입니다."

내가 아무리 진심을 담아 말해도 그 마음을 먼저 헤아리지 못한다면 그 말은 단지 나의 생각일 뿐 상대의 마음에 닿지 못한다는 것을 알았다. 그동안 나는 검사 수치와 증상만 바라보며, 그 사람의 삶과 말하지 못한 내면에는 다가가지 못했다. 그 사실이 가슴 깊이 스며들었다.

치료를 거부하는 고집 뒤에는 무엇이 숨어 있었을까?

약을 먹기 시작하면 평생 멈출 수 없다는 두려움?

병원 문을 들어서는 순간 진짜 환자가 된다는 불안?

그리고 혹여 직장에서 퇴직 등 불이익으로 인한 생계에 문제가 생길까 두려워 버텨야만 하는 가장의 무거운 책임감까지?

나는 그 마음들을 얼마나 이해하려 했던가?

내가 건넨 말은 혹시 그 마음들을 무시한 채 질책처럼만 들리지는 않았을까?


다시 그 근로자를 만나게 된다면 나는 이렇게 말하고 싶다.

"제가 이렇게 말씀드리는 건 진심으로 선생님이 걱정되기 때문입니다. 지금보다 더 편안하고 아프지 않고 건강하게 직장 생활 오래오래 하셨으면 좋겠어요."


맞는 말이라도 마음이 준비되지 않았다면 부담될 수 있다. 도움 주려던 조언도 상처로 남을 수 있다. 단호하게 지시하기보다 선택할 수 있는 방향을 함께 찾고, 변화할 수 있는 작은 여지를 보여주어야 한다. 사람은 넘어져서 아플 때보다 혼자라는 생각이 들 때 더 깊이 주저앉는다. 강한 말보다 부드러운 말 한마디가 넘어진 자리에서 다시 일어설 수 있는 용기와 힘이 되어 준다는 사실을 한 번 더 되새긴다. 그 말은 상처를 곧바로 낫게 하지는 못해도, 치유될 수 있다는 희망을 남긴다. 말은 크다고 힘이 되는 것이 아니었다. 강한 목소리는 잠시 멈추게 할 수 있지만, 따뜻한 눈빛은 다시 일어설 이유를 남긴다. 그래서 나는 오늘도 정답을 말하기보다, 진심 어린 지지와 따뜻한 눈빛으로 검사 수치보다 두려움의 이유를 먼저 살피는 사람이길 원한다.

# ‖ 10 ‖

# 괴로움의 근원은
# 나의 태도다

최숙형

남편의 전화번호로 전화가 걸려 왔다. 낯선 여자의 목소리가 떨렸다. "아저씨가 지금 의식이 없어요. 움직이지를 못해요." 하늘이 노래졌다.

최근 들어 몸이 좋지 않다는 얘기를 여러 번 했는데 여기저기 병원에 다녀도 뚜렷한 병명은 나오지 않았다. 남편은 다니던 직장을 그만두고 자기 일을 해보고 싶다며 유통업을 시작한 지 25년 가까이 되고 있었다. 보통 사람들은 한 우물을 파면 대단한 성과는 아니더라도 작은 거라도 이룬다고 하는데 남편 일은 그렇지 못했다. 사업 시작 후 IMF로 어려움을 겪었다. 새벽 5시에 일어나 하루 12시간씩 일해도 수입은 계속 줄었다. 나이는 먹고 체력은 떨어지고 대안이 없었다. 그럼에도 했던 일이라 계속하고 있었다. 당시에는 일을 그만두고 싶다는 말까지 부쩍 많이 했었다.

나 또한 회사 일로 스트레스를 많이 받고 있었다. 갑작스러운 이사로 몸은 피로했다. 내 코가 석 자라 남편의 건강에 대해 신경 쓸 여력이 없었다. 스스로 알아서 잘하리라 믿었다. 건강염려증이 심한 사람이라 조금만 아파도 병원을 찾아가고 술, 담배도 즐기지 않아서 건강에 대한 걱정은 크게 하지 않았었다. 병원에 입원하고 여러 가지를 검사 했다. 심장 기능이 떨어졌다고 했다. 1주일 입원하고 조금 나아져서 퇴원했지만, 몸은 예전 같지 않고 여기저기 아프기 시작했다. 남편은 이 기회에 일을 그만두고 쉬고 싶어 했다. 나는 일을 줄여서라도 계속하기를 원했다. 욕심이었다. 그렇게 일을 줄였지만 1년 만에 또 쓰러졌다. 이제는 더 이상 일 할 수 없을 정도로 건강이 악화하였다. 계속되는 스트레스를 감당하기 어려워 건강이 나빠졌다고 했다. 결국 남편은 하던 일을 정리하고 집에서 요양하며 건강관리를 시작했다.

산업보건을 하면서 수많은 근로자를 만나 건강상담을 오랫동안 했다. 상담을 통해 생활 습관도 바꿔주고 건강해지는 모습을 보며 보람과 자부심을 느꼈다. 산업보건이 천직이라 생각하며 25년 넘게 일했는데 등잔 밑이 어두웠다. 정작 가장 가까이 있는 가족의 건강은 챙기지 못했다는 죄책감이 몰려왔다. 간호사 친구들과 대화 시 아픈 증상을 얘기하면 "괜찮아, 그 정도로 죽지 않아." 하며 대수롭지 않게 농담처럼 말한다. 나 또한 그렇게 응대했다. 남의 얘기는 잘 들어주고 다른 사람이 아프다고 하면 걱정해 주고 여러 가지 조언도 했지만, 남편의 힘들다는 얘기는 귓등으로 흘려들었다. 남편의 건강 악화로 많은 변화가 생겼다. 가장으로서 책임이 무거웠다. 시련은 한 가지로 끝나지 않았다.

건강진단 팀장으로 80명 가까이 되는 팀원 관리가 만만치가 않았다. 하루도 바람 잘 날이 없었다. 하지만 팀원들이 열심히 일한 덕분에 팀 실적도 나날이 향상되었다. 소속되어 있던 건강진단 팀은 직업 환경 의사가 여섯 명인 회사 내에서는 큰 조직이다. 당시 산업안전보건법상 직업 환경 의사 한 명이 근로자 일만 명 특수 건강진단을 할 수 있었다. 직업 환경 의사가 없으면 사업을 할 수 없다. 직업 환경 의사를 지키고 구인하는 게 큰 숙제였다. 직업 환경 의사를 지키기 위해 항상 노심초사해야 했다. 그분들과 관계를 유지하기에 온 신경을 썼다. 그들의 요구에 맞춰 연봉협상 시에는 보이지 않는 줄다리기로 많은 갈등이 있었다.

그런데 직업 환경 의사 여섯 명 중 한 명이 집 가까운 곳으로 옮기겠다고 사직서를 낸 것이다. 상반기 일을 마무리해 주고 퇴사하겠다고. 상반기까지 하이닉스 건강진단이 계획되어 있다. 하이닉스 건강진단이 마무리되고 일정을 잘 조절하면 하반기는 버틸 수 있을 것 같았다. 한 분이 퇴사하자 직업 환경 의사들 사이의 분위기가 술렁였다. 이 일을 계기로 연봉협상을 다시 하려는 분위기였다. 센터장과 연봉협상을 하는 과정에서 직업 환경 의사 한 분과 큰 갈등이 생겼다. 서로 소리 지르고 막말까지 하면서 더 이상 회복할 수 없는 지경에 이르렀고 결국 한 분이 더 퇴사했다. 직업 환경 의사 여섯 명으로 구성되어 있던 사업이 두 명이 퇴사하며 실적에 큰 타격이 왔다. 출장 검진은 세 팀에서 두 팀으로 축소되었다. 검진하러 오시는 분을 되돌려 보내는 일도 있었다. 목표 대비 실적은 턱없이 부족했고 감당해야 할 책임은 컸다.

고난은 한꺼번에 몰려왔다. 남편의 건강은 더 나빠졌다. 응급실을 자주 오갔고 결국 장기간 병원에 입원해서 요양하는 상황이 되었다.

모두가 원망스러웠다. 센터장은 스트레스를 받지 않는 것 같았다. 남편은 몸이 아프니 자기밖에 모르는 사람으로 변했다. 나 또한 지쳤다.

'왜 하필 나한테 이런 시련이 왔을까?' 원망했다. 건강관리를 잘못한 남편과 갈등으로 직업 환경 의사를 내보낸 센터장을 원망했다. 원망은 내 마음 깊은 곳에서 곰팡이처럼 번져 결국 내 몸까지 병들게 했다. 잠을 자도 매일 피곤했다. 체중은 날로 줄었다. 맛을 느낄 수가 없었다. 얼굴이 점점 어두워졌다. 번아웃이 왔다. 어디론가 도망가고 싶었다. 내가 어찌할 수 없는 일로 스트레스를 받았다. 숙소에 있으면 가슴이 답답했고, 가만히 있을 수가 없었다. 매일 걸으며 법륜스님의 즉문즉설 강연을 들었다. 갖가지 사연 있는 분들이 저마다의 고민을 말하지만, 스님은 복잡한 질문에 단순하게 답을 주셨다. 그때 나는 멈춰 서서 내 마음을 들여다보기 시작했다.

"괴로움의 근원은 외부 상황이 아니라 내 마음의 집착과 '좋다, 나쁘다'로 구분하는 생각에서 비롯된다.", "문제의 해결을 위해서는 외부의 조건을 바꾸기보다, 내 마음을 어떻게 다루느냐에 달려 있다."

그때 깨달았다. 문제를 만드는 것은 상황이 아니라, '상황을 바라보는 나의 마음'이라는 사실을.

우리는 하루에도 수십 번, 아니 수백 번 고민한다.

'계획했던 일이 틀어지면 어쩌지?', '사람들이 나를 이상하게 볼까?', '시도했다가 실패하면 어떡하지?'와 같은 생각들. 그런데 돌이켜보면, 그렇게 밤새 붙잡고 씨름했던 고민의 대부분은 다음 날이면 흔적조차 남지 않는다. 일이 순조롭게 풀리기도 하고, 아예 예상과 다르게 전개되기도 한다. 결국 허공에 대고 씨름했던 셈이다.

심리학자들의 연구에 따르면 우리가 걱정하는 일의 약 80~90%는 실제로 일어나지 않는다고 한다. 대부분의 고민은 아직 오지도 않은 미래의 그림자일 뿐, 현재를 갉아먹는 불필요한 짐이 된다. 마치 무거운 돌덩이를 가득 담은 가방을 짊어진 채, 그것이 소중한 보물인 줄 착각하는 것과 같다. 돌을 내려놓는 순간, 길은 훨씬 가벼워진다.

나는 이제 작은 다짐을 한다. 앞으로는 고민이 고개를 들 때마다 묻기로 한다. '이 고민이 정말 필요한가?' 꼭 붙들어야 할 일이라면 정면으로 마주하되, 그렇지 않다면 그 자리에서 흘려보내리라.

인생은 짧다. 불필요한 고민에 묶여 제자리를 맴도는 대신, 가벼운 마음으로 더 멀리, 더 자유롭게 걸어가고 싶다. 결국 필요한 고민은 우리를 앞으로 나아가게 하지만 필요 없는 고민은 우리를 가로막는 덫에 불과하기 때문이다.

오늘도 나는 돌 몇 개를 내려놓고, 조금은 가벼운 걸음으로 하루를 시작한다. 무겁게 짊어졌던 마음의 짐을 내려놓는 순간, 세상은 어제보다 조금 더 가볍고 따뜻해진다.

 우리는 병원 밖에서 일하는 간호사입니다

# 산업보건 간호사가 지키는 세 가지 기준

기준은 정답이 아니라, 결정을 감당할 수 있게 하는 중심이었다. 이 부록에서는 현장에서 '나'를 지켜온 몇 가지 판단하는 질문을 정리했다. 다음번 망설임 앞에서 다시 꺼내 볼 질문을 찾아보자.

### 1. 이럴 때는 말해야 한다는 신호

**1) 지금 이 순간, 침묵이 더 위험한가?**

체크 사항

상황을 지켜보는 사이, 문제가 이미 진행되고 있지는 않은지

'조금만 더 보자'라는 판단이 반복되고 있지는 않은지

**2) 이 결정이 건강을 되돌릴 수 없게 만들지는 않을까?**

체크 사항

지금의 선택이 근로자의 상태를 악화시킬 가능성은 없는지

나중에 개입하면 이미 늦어질 상황은 아닌지

**3) 지금 이 침묵이 다른 사람에게까지 영향을 미칠까?**

체크 사항

한 사람의 문제로 보이지만, 같은 환경에 있는 다른 근로자들에게도 반

복될 수 있는지

지금의 판단이 '전례'로 남지는 않는지

## 2. 산업보건 간호사가 현장에서 흔히 마주하는 딜레마

### 1) 법과 지침을 지켜야 한다는 책임 ↔ 현장에서 실제로 작동하는 관리의 한계

행정은 점점 늘어나지만, 그만큼 현장을 볼 수 있는 시간은 줄어든다. 지침을 지키는 일과, 사람을 살피는 일 사이에서 종종 어느 쪽도 충분히 하지 못한 것 같은 기분을 느낀다.

"지금 내가 지키려는 것은 '문서'인가, '사람'인가?"

### 2) 상담을 통해 알게 된 민감한 정보의 보호 ↔ 안전을 위해 공유해야 하는 책임

근로자의 이야기를 듣는 순간, 산업 간호사는 두 가지 역할을 떠안는다. 비밀을 지켜야 하는 사람, 그리고 위험을 보고해야 하는 사람.

"신뢰를 깨뜨리지 않으면서도, 위험을 외면하지 않는 방법은 없을까?"

### 3) 근로자 보호를 위한 환경 개선과 인력 보강 ↔ 생산성과 효율을 중시하는 조직의 현실

현장을 바꾸기 위해 필요한 말이 조직에서는 '과한 요구'로 들릴 때가 있다. 그럴수록 말의 수위보다, 말해야 하는 이유를 분명히 하려고 한다.

"감정이 아니라 근거로 말하는 방법은 어떻게 연습해야 할까?"

    우리는 병원 밖에서 일하는 간호사입니다

# 정년 이후, 삶의 두 번째 현장에 서다

# 인생 2막 전환기에서
# 새로운 도전을 꿈꾼다

강명희

2002년 4월 입사 후 22년 동안 산업보건을 협회에서 하고 정년을 맞이하게 되었다. 입사 때 애벌레에서 번데기 성충이 되기까지 워킹맘으로서 수많은 어려움이 있었음에도 주변 사람과 가족의 도움으로 정년퇴직하게 되어 감개무량했다.

정년 퇴임식 때 직원들과 만찬 감사 인사 등 여러 행사가 진행되었다. 이제 정말 협회를 떠나게 되어 힘들었던 기억도, 좋은 추억도 많아 홀가분하기도 하고 슬프기도 했다. 실업급여 기간 한 달 동안 집에서 조용히 지냈다.

몸도 마음도 여유가 생겨서 좋았지만, 일에 대한 욕구가 머릿속에서 떠나지 않았다.
지금까지 쌓아놓은 업무 능력 모두를 기억에서 버릴 수는 없었다.

'나에게도 과연 삶의 목표가 있었을까? 있다면 무엇일까?'

아직도 나이가 젊고 아무 일도 하지 않기에는 무료하다. 제2의 인생은 다른 일을 한 번 더 해보고 새로운 도전을 하고 싶었다.

여러 방면으로 검토했다. 아이를 좋아하니 신생아 관련 일을 할까? 많은 경험을 바탕으로 사업장 보건관리자로 갈까? 교육기관에 교수로 갈까? 현실은 협회에 다닐 때처럼 높은 복지 혜택, 높은 연봉은 꿈도 꿀 수 없다. 그래서 하고 싶은 일을 하기로 결심했다. 높은 연봉과 복지 혜택은 포기하고 취미 활동도 하고 건강도 챙길 수 있는 일을 하기로. 같이 퇴직한 동료 간호사의 소개로 서울에 소재한 교육기관에 교수로 입사하게 되었다. 나름 조건이 좋았다. 4대 보험 가입, 월 13일 정도 출근해서 교육 시간에 맞추어 강의 진행. 강의가 없는 날에는 시간 활용하기도 좋았다.

입사 후 강의 분야가 정해지고 연봉계약도 했다. 근로자 교육, 직무교육 분야에서 응급처치 교육과 근로자건강관리에 대해 강의를 맡게 되었다. 한 달간 강의 자료 편집하고 교육 책자 발간까지 마무리했다. 힘들었지만 내가 만든 교육자료로 교육을 진행하니 나름 보람되고 의미가 있었다. 지금까지는 산업안전보건법에 따른 딱딱한 강의를 진행하다가 산업 간호사가 직접 나와서 응급처치 교육, 근로자 건강관리에 관한 교육을 하니 호응도 좋고 재미있어했다. 기존 교육은 실습 위주로 했지만 내가 만든 교육은 이론과 실습을 병행했다. 교육생이 교육 끝나고 가면서 많이 배우고 간다고 인사할 때 가슴이 벅차고 뿌듯했다.

교육받으러 오는 관리감독자가 강의 시간 내내 내용을 필기하고 질문하며 집중하는 모습을 볼 때, 내가 마치 명강사가 된 것 같았다. 어깨에 뽕이 들어간 것처럼 으쓱했다. 강단에 올라가서 "안녕하세요. 점심 맛있게 드셨나요? 상황별 응급처치, 근로자 건강관리에 대해 교육을 진행할 강명희 교수입니다."라고 자기소개하고 강의를 진행했다. 근로자 만족도 조사도 교육담당자가 전송해 줘서 확인해 보니 여러 가지 의견이 있었다.

"심폐소생 교육 처음 받았는데 나도 사람을 구할 수 있을 것 같아요." 하며 자신감이 넘치는 교육생도 있었다.

어떤 분은 사업장에 돌아가면 다른 동료에게 오늘 받은 교육을 전파하겠다고 환하게 웃으면서 고맙다고 했다. 너무 열정적이고 열심히 한다 등 응원 메시지도 있고 때로는 조언도 있었다.

좀 더 교육을 잘하고 싶고 만족도도 높게 받고 싶어서 관련 자료 공부도 많이 했다. 필요시 교육 내용을 더 추가하고 같은 내용을 여러 번 반복하니 교육에 대한 자신감도 높아졌다. 처음에는 PPT 화면에만 집중하고 교육생들과 의사소통이나 감정교류는 신경 쓸 틈이 없었다. 지금은 PPT 화면을 보지 않고도 강의할 수 있어서 교육생과 의사소통, 감정 교류가 가능해졌다. 때로는 농담도 하고 지루해하면 재미있는 이야기도 할 수 있는 여유가 생겼다.

가끔 친구나 이전 직장 동료를 만나면 예전 분위기가 많이 사라지고 예뻐지고 더 젊어 보인다고 한다. 협회 다닐 때는 아침에 출근해서 보건관리 대행 사업장 출장 업무를 준비하느라 바빴다. 항상 출근 시간 30분 전에 도착해서 출장 준비했다. 모든 업무가 전산화 시스템이라 컴퓨터를 챙기고 교육자료 포스터, 의료 장비, 일정 확인, 건강상담 명단 전송 등을 한다.

의사와 동행할 때는 더 바쁘다. 모든 업무 준비가 되면 차를 직접 운전해서 사업장에 가다 보니 예쁜 치마, 구두 등은 사치가 되고 불편하니 편한 운동화, 바지, 옷 등을 입었다. 나를 돌아볼 여유가 없었다.

지금은 교육기관에서 교수로 교육생에게 강의하다 보니 예쁜 옷, 구두, 젊어 보이기 위한 피부관리 등 자기관리를 하는데 투자한다. 전반적으로 분위기가 달라지기 위해 노력한다. 여기서는 다른 분야의 교수도 만나고 정보도 들으며 교류하니 또 다른 세상이다. 특히 2026년에는 보건관리자 직무 교육을 추가하기 위해 현재 업무가 진행되고 있다. 교육원의 지침에 맞추어 교육자료 개발을 위해 연구하다 보니, 한 발짝 더 성장할 수 있을 것 같다.

제2의 인생 서막은 만족스럽고 행복하다. 나름 성공적인 인생 황금기를 맞았다. 아직 정년이 남은 후배들은 정년을 맞는 선배들이 무엇을 할까 궁금해한다. 자신들의 미래가 궁금하기도 해서일 것이다. 정년을 맞는 우리의 모습은 다양하다. 자신에게 맞는 길을 찾아가고 있다.

지금은 100세 시대라 정년 후 60세는 젊다. 남은 40년을 아무 일도 하지 않는다는 것은 정신적 육체적으로 힘들다. 퇴직 후에 무엇을 할지 생각하는 후배들에게 길잡이가 되고 싶어 이 글을 쓴다.

특히 대한산업보건협회는 산업 보건기관에서는 일명 삼성에 가까운 큰 기관이다. 협회 경력은 교육기관 취업, 사업장 보건관리자 등 여러 분야에 재취업이 가능하다. 환영한다. 물론 협회에서 받은 연봉을 포기하고 조금 낮춘다면 말이다. 근무 당시 여러 가지 업무로 힘들고 어려웠지만, 현재는 그러한 업무수행 능력이 바탕이 되어 피가 되고 살이 된다. 재취업을 해도 새로운 환경에서 업무를 쉽게 할 수 있다. 업무수행 기반이 있어서다.

정년 퇴임은 끝이 아니고 새로운 시작이다. 변화는 두려운 것이 아니라 성장의 기회다. 지금 있는 자리에서, 가진 것으로, 할 수 있는 일을 하면 된다. 속도와 양보다는 균형과 질이 중요하다. 용기를 갖고 계속 도전하며 노력을 쏟는다면 분명 미래 또한 영광스러울 것이다.

## ‖ 2 ‖

# 내가 밟은 땅은
# 내 것이다

강은주

들에 핀 꽃들과 나무도 스스로는 자라지 못한다. 시절에 맞추어 비가 내려 물을 공급하고, 따뜻한 햇볕이 내리쬐어 잎들을 풍성하게 하며, 곤충과 들짐승들은 좋은 씨앗으로 영글게 한다. 사람도 그렇다. '저게 저절로 붉어질 리는 없다'라는 장석주 시인의 「대추 한 알」처럼, 지금의 내가 나만의 노력으로 된 것으로 생각하지 않는다. 그 시기에 맞는 기회가 나에게 왔고, 그 기회로 나는 은혜를 입었고, 그 덕분에 이룬 성장과 성취가 있다. 또 그렇게 이룬 것들을 누군가에게 베풀 또 다른 기회가 되었다. 그러고 보면 '나'라는 존재는 내가 있는 위치에서는 '공공재'처럼 쓰일 때가 있다는 생각이 든다.

나는 병원 응급실에서 이직하여 지금의 협회에 입사해 약 34년을 근속했다. 15년 전, 아직 사내에 인재 육성 체계(HRD)가 갖춰지지 않았을 때, '교육공학'이라는 분야가 있다는 것을 알게 되었다. 호기심이 생겨

학교가 아닌 교육기관을 찾던 중 한국생산성본부에서 진행하는 〈HRD 컨설턴트과정〉을 발견했다. 생산성본부 교육 중에서 고가의 과정이었다. 토요일 12주 프로그램이었다. 동기생 열다섯 명 중 사비를 내고 듣는 교육생은 나를 포함해 단 두 명뿐이었다. 기획에서 평가까지 흥미롭게 과정을 마쳤다. 수료증으로 끝낼 수도 있었지만, 이왕이면 HRD 컨설턴트자격을 취득하기로 했다.

이 자격을 취득하려면 배운 것을 바탕으로 HRD 체계를 구축한 보고서를 제출하고 심사를 받아야 했다. 이 보고서는 한 달 동안 기획 단계부터 마지막 평가 단계까지 전체 과정을 반영해야 했다. 컨설팅 실전 예행연습을 하는 것과 다름없었다. 그래서 협회를 모델로 하여 '보건관리국 인재 육성 체계'를 주제로 한 보고서를 제출했다. 결과는 합격이었다. 나중에 안 사실은 자비 교육생 중 나를 포함한 단 두 명만이 HRD 컨설턴트자격을 취득했다고 한다. 그렇게 취득한 나의 HRD 컨설턴트자격은 우리 협회가 인재 육성 체계를 구축하는 데 중요하게 쓰였다. 이전에 없던 연차별 의무교육을 시작하고, 개별 연간 교육비를 지원하게 되었다. 이어 IMF 때 기업규제완화법에 따라 사실상 폐지되었던 직무 교육이 2010년경 법정 직무 교육으로 강화되었다. 회사에서도 자연스레 보건관리자 직무 교육을 시작하게 되었다. 이때도 나는 본부 보건관리국에 근무하고 있어 교육 업무를 맡았다. 자연스럽게 HRD 컨설턴트로서 실력을 발휘할 기회가 되었다.

보건복지부에서 사업장 건강증진 프로그램으로 금연 운동을 전파할 때, 협회에서는 금연 전문가 및 금연 지도자를 육성하는 사업을 진행했다. 이 프로젝트의 실무자가 되었지만 기존 업무에 추가로 들어온 업무라 절대 시간이 부족한 상태였다. 출장과 야근을 번갈아 하며 6개월을 보내고 최종 보고서를 작성할 때였다. 모두 퇴근하고 혼자 사무실에 앉아 있는데, 그날따라 유난히 집중하기 힘들었다. 그저 멍한 상태로 있다가 정신을 차리고 보니 족히 1시간이 흘렀다. 손은 키보드 위에 있고 화면은 진전되지 않은 상태에서 커서만 깜박이고 있었다. '이렇게 1시간이 흘렀다고?' 알아차리는 순간 왈칵 쏟아지는 눈물에 한참을 엎드려 있었다. 대뜸 마음속에 이런 질문이 떠올랐다.

'너는 성장하고 있니?'
'아니.'
'너는 지금 행복하니?'
'아니.'
'그러면 어떻게 할 거니?'

어느새 또 스스로와 대화하고 있었다. 돌아보니 몇 개월간 출장과 야근으로 나를 돌볼 마음의 여유가 없었다. 내면에 허기가 가득한 상태였다. 문득 몇 년 전 코칭 콘서트에 참가했던 경험이 떠올랐다. 그때 느꼈던 내면의 성찰, 사람과 사람 사이의 연결성, 역동적인 에너지가 생각났다. 그래 '코칭을 배우자!'라는 답을 내렸다.

바쁜 시간을 쪼개 코칭 공부를 했고 내게 많은 변화가 생겼다. 시간이 흘러 새해가 되었고 업무는 여전히 과포화 상태였다. 그러나 예전처럼 내면의 허기는 느껴지지 않았다. 힘들어도 내면이 충만했다. 일에 대한 나의 관점이 달라졌기 때문이었다. 이전에는 일이 해치워야 할 대상이었지만, 코칭을 배우고 난 후의 일은 '성취해 나가는 나만의 과정'이 되었다.
또한 사람과의 관계에 대한 관점도 달라졌다. 이전에는 나와 직접적인 연관이 없으면 의미 있는 관계라고 생각하지 않았다. 그러나 지금은 당장 어떠한 상호작용이 없더라도 언제든지 서로 영향을 주고받을 수 있는, 존재 자체로 의미가 있다는 믿음이 생겼다. 그리고 전문 코치가 되어 지금도 코치다움으로 살아가고 있다.

하고 싶은 일들을 하나씩 성취해 나가다 보니 나는 어느샌가 HRD컨설턴트 자격과 전문 코치 자격을 갖춘 '코칭을 겸비한 산업보건 교육자'가 되었다. 그러나 주변에 이를 아는 사람은 없었다. 서울센터 보건관리부장으로 일할 때였다. 강사 초빙에 대해 논의하기 위해 타 협회의 교육 팀장과 팀원이 서울센터 근처로 왔었다. 직무 교육기관 모임으로 친분이 있던 터라 점심을 함께 먹으며 교육에 관한 이야기를 나눴다. 그러던 중 코치 자격증이 있다고 이야기했는데 갑자기 두 사람이 하이 파이브를 하면서 마치 역전 골을 넣은 선수들처럼 기뻐했다. 이유는 지난해 전문화 교육에 〈안전 코칭〉이라는 과정을 열었는데, 몇 권의 코칭 관련 책을 읽고 교육했었다고 한다. 올해도 교육 일정은 다가오는데 전문가가 없어 답답해하던 가운에, 내가 전문 코치라는 이야기를 듣고는 구세주를 만난 것 같다는 것이다. 협의하러 온 안건은 뒤로 하고 내가 진행할 안전 코칭에 초점이 맞추어졌다.

전체 24시간 중에 코칭 커리큘럼은 16시간이었고 교육 일자는 여름휴가 기간이었다. 교육을 준비할 수 있는 기간은 3개월이었다. 기간은 충분했다. 속으로 '야호!'를 외쳤다. 코치로서의 첫 강의 데뷔를 위해 당시 신상이었던 S사의 최신형 노트북도 준비했다. 창의적 교수법을 기반으로 코칭을 접목하여 가장 쉽고, 가장 재미있게 구성했다. 강의는 성공적이었다. 코치로서 더할 나위 없이 성공적인 데뷔였다. 이후 몇 년 동안 안전 코칭 강의로 양양과 경주에서 여름휴가를 보내게 되었다.


개인적인 성취와 별개로 협회 내부는 조금 혼란스러운 상황이었다. 여러 일이 있었고 나는 우여곡절 끝에 본부 교육사업팀으로 복귀했다. 여전히 직무 교육만 하던 상태였고, 근로자 안전보건교육을 해야 한다는 이야기가 일부 임원들에게서 나오기 시작했다. 그러나 교육에 대한 이해는 없는 상태였기에 결국 내 일이 되었다. 이즈음 제도적인 변화도 있었다. 근로자 안전보건 교육기관이 등록제로 바뀌었으며, 국가 직무능력표준(NCS) 도입 시기도 맞물렸다. 이를 위해 가장 먼저 해야 하는 일은 권역별 교육기관을 구성하는 일이었다. 근로자 안전보건 교육기관으로 조건을 충족해야 했고, 직업훈련 개발원 인증 교육기관으로도 충족해야 했다. 동시에 두 법령의 교육기관으로 심사도 받고 등록을 마쳤다. 그렇게 되어 부산, 대구, 광주, 대전, 수원이 근로자 안전보건 교육기관이 되었다.

이때 교육사업국의 국장 자리가 사업국에서 겸임하고 있어 실질적으로 공석인 상태였다. 얼마 후 인사 발령이 났다. 누가 봐도 협회에서 교육 관련 업무를 가장 오래 담당했고 관련 기관을 만들고 인력을 육성해 온 사람은 나였기에, 내심 승진을 기대했다. 그런데 교육과 관련 없는 사람이 승진되어 공석인 교육사업국 국장 자리에 발령되었다. 이 인사 발령을 본 동료들로부터 전화가 왔다. 그들의 반응은 '죽 쒀서 개 줬다.', '차기 국장은 너였는데.'였다. 순간적으로 허탈한 마음이 앞섰다. 그러나 돌이켜보니 승진이 되지 않았다고 해서 내가 해온 과정이 없어진 것은 아니었다. 동료들의 전화로 그동안의 수고를 인정받은 것 같았다. 무엇보다 맡은 일에 대해 최선을 다했고, 최고로 만들어 냈기에 스스로에게 당당했다. 승진하지 못한 것이 나 자신에게 전혀 부끄럽지 않았다.

조직을 떠나기 전에는 조직에 순응하는 것이 세상 이치인 것을 알고 있었기에 빠르게 현실을 받아들였다. 그리고 본부 교육사업국을 떠나 최선을 다했고, 최고로 만들 수원 교육장에서 지혜롭고 성실한 2, 30대의 동료들을 차세대 교육전문가로 육성하며 즐겁고 의미 있는 퇴직을 준비하고 있다.

지금까지 대한산업보건협회의 일원으로 일하며 수많은 일들이 있었다. 크고 작은 업무들을 회사의 직원으로서 수행하며 얻은 경험은 온전히 내 것이 되었다. 그리고 이를 통해 성장과 성취를 이루었다. 물론 대한산업보건협회라는 기름진 옥토 덕분에 더욱 풍성한 개인적인 열매를 얻을 수 있었다.

이제부터는 경험과 내외적 자원을 모아 은퇴 후에 피울 꽃을 준비할 때이다. 지금까지의 모든 도전이 그러했듯 은퇴 후의 삶이 기대된다. 양손에 쥔 게 없던 때부터 지금까지 최선을 다해 좋은 결과를 만들어 냈다. 더 나은 선택을 하려고 노력했고, 발에 무언가 걸리면 디딤돌 삼아 올라섰다.

내 안에는 아직도 성장의 자양분이 가득하다. 누군가는 은퇴를 '끝'이라고 표현하지만, 언제나 그랬듯 나는 걸어온 길과 걸어가야 하는 길 사이에 서 있다. 언제 어디에서든 당당하고 자신 있게, 한 손에는 코칭을, 다른 한 손에는 산업보건을 들고, 대한산업보건협회를 출발하여 더 넓은 세상으로 나갈 것이다.

‖ 3 ‖

# 이 길의 끝에서
# 다시 세우는 다짐

남경숙

어느덧 정년을 눈앞에 두고 있다. 정확히 말하면 2025년 말인 지금을 기준으로 18개월 뒤, 산업 간호사로 근무한 지 16년째가 되는 해에 퇴직하게 된다. 처음 업무를 시작했을 때 낯설고 조심스러웠던 현장이 어느새 일상의 중심이 되었고 그 속에서 여러 일을 경험했다. 많은 현장을 다니며 다양한 업종의 근로자들을 만났다. 그리고 같은 근로자의 입장으로 진심을 담아 그들의 건강을 위해 일했다.

1년여의 세월은 그리 길지 않을 것이며 아마도 눈 깜짝할 사이에 지나갈 것이다. 남은 시간도 처음 일을 시작했을 때의 마음처럼 책임감과 진심을 잃지 않고 일하려 한다. 요즘 정년이라는 단어를 곱씹게 된다. '벌써 여기까지 왔나?'라는 생각과 '이제는 좀 쉬어도 되겠구나!' 하는 여유로운 마음도 든다. 그동안 너무 바쁘게 살아왔다.

바쁜 일상으로 정작 가족과 나는 뒷전일 때가 많았다. 아침이면 허둥

지둥 집을 나서고 퇴근 후에는 녹초가 되어 하루를 마무리하기 일쑤였다. 오늘만 넘기자는 마음으로 버틴 날들과 그 시간 속에서 가족들은 나를 다독여 주었다.

이제는 그 소중한 시간을 되찾고 싶다. 항상 뒤에서 묵묵히 나를 지지해 준 남편, 말없이 나의 피로를 이해하고 비워두었던 자리를 대신 채워 주었던 사람. 그가 아니었다면 이 길을 끝까지 걸어올 수 없었을 것이다. 그리고 언제나 바쁜 엄마를 이해해 주었던 아들, 함께하지 못한 시간이 많았음에도 서운함보다는 엄마의 지원군이 되어 주었던 아이. 미안하고 그래서 더 애틋한 마음이 든다. 무엇보다 둘째 딸을 위해 온 마음을 다해주신 구순의 어머니. 한평생 가족을 위해 살며 당신의 삶은 뒤로 미뤄두셨던 분. 예전엔 누구보다 부지런하고 강인하셨던 어머니는 이제 걸음이 느려지고 기억도 자주 잊으신다. 이제는 사랑하는 가족과 함께하며 생각 저편에 묻어 두었던 계획들을 하나둘 펼쳐 보고 싶다.

정년을 앞두고 마음속에 품게 된 세 가지 소망이 있다. 그것은 앞으로의 삶에 대한 방향이기도 하다. 특별히 누구에게 자랑하려는 것도 거창한 목적이 있는 것도 아니다. 그저 그동안 미뤄두었던 숙제를 제대로 해 보고 싶다는 마음에서 비롯되었다.

첫 번째 소망은 제주도에서 한 달 살아보는 것이다.

매번 짧은 일정에 맞춰 발걸음을 재촉하던 여행과는 다르게 아무 계획 없이 하루하루를 살아보고 싶다. 바다 냄새를 맡으며 동네를 산책하고 근처 카페에 앉아 책을 읽거나 미뤄뒀던 일들을 천천히 정리하는 시간도 가져보고 싶다. 날씨가 좋으면 바닷가를 따라 걷고 비가 오는 날엔 창밖을 바라보며 조용히 사색에 잠기고 싶다. 꼭 무언가를 하지 않아도 괜찮은 시간, 그렇게 느긋한 생활 속에서 그동안 쉼 없이 달려온 나를 다독이고 싶다.

두 번째 소망은 기타로 〈로망스〉를 연주하는 것이다.

대학을 졸업하고 첫 월급으로 기타를 샀었다. 〈금지된 장난〉이란 프랑스 영화에 삽입된 음악을 들으며 나도 기타를 연주하고 싶었다. 그러나 그 기타는 먼지가 쌓이고 줄도 오래되어 소리가 고르지 않았다. 결국 이사를 하며 버리고 말았다. 5년 전 그 생각이 났다. 나는 협회 복지 기금으로 새로운 기타를 샀다. 그런데 또다시 다음에 해야지 하며 미루었던 기억이 난다. 이제는 기필코 연주해 보리라 다짐한다.

세 번째 소망은 영어를 배워 외국인 근로자들을 위한 교육과 건강 상담을 하는 것이다.

그동안 산업 간호사로 일하며 외국인 근로자들을 많이 만났다. 그들 중에는 언어 장벽 때문에 자신의 건강 상태를 제대로 설명하지 못하고 적절한 시기를 놓쳐 병을 키우는 경우가 적지 않았다.

기억에 남는 한 사례가 있다. 필리핀 출신의 근로자와 건강 상담을 했다. 혈압이 높아 석 달째 건강 상담을 한 근로자였다. 사업장 담당자는 이미 병원에 동행해 진단과 처방을 받았노라 애기했다. 그러나 그 근로자의 혈압은 조절되지 않았다. 혹시나 하는 마음에 번역기의 앱을 켜서 약물 복용 상태를 물었다. 그 근로자는 약을 먹고 난 후 두통이 심해져 복용을 중단했다는 것이었다. 의사소통이 원활했다면 그 근로자에게 혈압 조절 약물에는 다양한 종류가 있으며 본인에게 맞는 약물을 찾는 과정이 필요하다는 것을 자세히 설명했을 것이다.

이런 경험을 통해 느꼈다. 외국인 근로자에게는 원활한 의사소통이 이루어지지 않으면, 필요한 치료를 제때 받지 못하거나 약물 복용만으로 해결될 문제도 더 큰 질병으로 이어질 수 있다는 것을 말이다. 그래서 영어를 조금씩 꾸준히 공부해 보려고 한다. 완벽하지 않더라도 영어로 외국인 근로자를 교육하고 건강 상담을 할 수 있는 간호사가 되고 싶다. 이런 목표는 누군가를 위하는 것이기도 하지만, 결국은 나 자신을 위한 다짐일 것이다.


정년 이후의 삶을 떠올리면 아직은 낯설다. 오랫동안 반복해 온 일상이 멈춘다는 생각에 두려운 것도 사실이다. 하지만 가만히 생각해 보면 비로소 나에게 여유로운 시간이 생긴다는 생각에 설레게도 된다.

이제 더 이상 새벽마다 서둘러 출근하지 않아도 될 것이다. 늘 시간에 쫓기듯 마시던 커피를, 클래식 음악을 들으며 천천히 음미하는 아침을 맞이하고 싶다. 책장 속에 묵혀 두었던 책을 하나씩 꺼내 읽고 기타를 배우며 새로운 즐거움을 발견하고 가족과 이야기를 나누며 여유를 누리고 싶다. 그동안은 해야 할 일을 중심으로 살아왔다. 그러나 정년 이후에는 하고 싶은 일을 하며 살아가려 한다. 남은 시간은 채우기 위해 바쁘게 달리기보다 의미를 담아 천천히 하루하루를 살아갈 것이다.

# 정년이라는
# 전환점에 서서

배경숙

　자면서 두어 번 눈을 떴다. 감기를 반복하다 보면 좁은 시야 사이로 아침 햇살이 비쳐 들어온다. 이불 속에서 몇 번을 뒤척거리다가 햇살에 등 떠밀려 일어난다. 그리고 바쁜 것 없는 하루를 시작한다. '바쁘지 않은 하루'에서 느껴지는 양털 같은 편안함이 있다. 감사한 일이다.

　루틴처럼 책상에 앉아 노년으로 달려가는 나의 건강을 확인한다. 전자 혈압계로 측정된 혈압이 정상보다 조금 높다. '아직까진 약을 먹지 않아도 되겠어.' 의사처럼 스스로 진단도 해본다.

　그리고 정수기에서 물을 내려 한 잔 마신다. 시원한 물 한 잔으로 밤새 마른 목을 축인다. 아침에 일어나자마자 마시는 물 한 잔이 건강에 좋다고 하니 나도 따라서 해본다.

　책상을 마주한 사각 창 너머로 하늘을 올려다보며 날씨도 살피고, 거실과 베란다의 식물들을 들여다보며 얘기도 한다. 골드티트리, 뱅골고

무나무, 관음죽 등 잘 자라고 있다. 그중에서 관음죽은 대나무처럼 줄기가 곧게 뻗어 올라 잎이 야자수처럼 펼쳐지며 자란다.

보기 좋은 모습이다. 관음죽의 꽃말이 '번영, 행운, 평화'라는데 바라보고 있으면 작은 평안이 느껴진다. 요즘 쌀뜨물을 자주 주었더니 나무가 더 단단해지고 잎도 무성하게 잘 자라는 것 같다. 돌아가신 친정엄마가 기르던 관음죽인데 벌써 30년 이상은 된 것 같다. 오목천동에 사는 언니네에서 분갈이해 우리 집에서 키우게 되었다.

관음죽에 물을 주는 나에게서 돌아가신 엄마의 모습이 그려진다. 엄마에 대한 그리움이 교차하는 순간이다.


회사에서는 20년 이상 장기 근속자에게 포상처럼 주는 공로 연수제도가 있다. 나는 26년 6개월을 보건관리부서에서 일했다. 공로 연수 6개월 동안은 일하지 않고 월급만 받는 느낌이다.

매일 출근해서 일할 때는 바쁜 일정 때문인지, 즐겨 먹던 커피 속 카페인 때문인지 모르는 불면의 밤들이 많았다. 잠을 제대로 자지 못하는 수면 습관에 불만을 느꼈었다. 잠을 꼭 자야 한다는 강박관념이 불면을 더 초래했을지도 모른다.

이젠 그러지 않아도 됨에 한 줄기 빛을 닮은 위로처럼 느껴진다. 아침 공복시 커피를 멋스럽게 즐기면서 또다시 찾아올 불면의 밤이 떠오르더라도, '졸리면 낮에 좀 자면 되지.' 위안하며 여유 있는 하루를 온몸으로 느껴본다. 허덕대지 않는 요즘의 여유로운 일상이 감사할 뿐이다.

그렇게 멀게만 느껴졌던 정년이란 세월이 나를 빠르게 안아버렸다. 나도 팔을 벌려 세월을 안았다. 그러나 시간을 여유롭게 보낼 수 있어 지금도 좋다. 자다 깨기를 몇 번씩 반복한 날도 내 일상에 지장을 주지 않는 지금, 정해진 휴식 시간을 한껏 누리자. 휴식 시간 동안 숨어있던 소녀 감성을 깨워본다. 베란다 꽃나무에 물을 주며 말도 걸어보고 푸른 하늘 위 떠 있는 뭉게구름도 올려다본다. 그리고 한껏 낮잠을 즐기며 게으름도 피워본다.

나는 간호대학을 졸업한 이후 수원에 있는 성빈센트병원 수술실에서 10년 3개월을 일했다. 1년 6개월 동안 두 아이를 키우며 살림하다가 다시 생활전선에 뛰어들었다. 그리고 대한산업보건협회에 입사하여 25년 이상을 일하다가 정년을 맞이한 것이다.

신체 나이에 비해 빠르게 느껴지는 정년인 것은 맞다. 어느 신문에 "지금은 100세 시대, 60세는 과거 42세. 그러니까 현재 나이에서 0.7을 곱하기 하는 것과 마찬가지."라는 사설이 실린 적이 있다. 그렇게 계산하면 생산적인 일을 그만하고 멈추기엔 너무 이른 나이다. 정년을 60세에서 65세로 연장한다는 목소리도 커지고 있다. 물론 정년이 연장되어 다니던 직장에 이어서 다니는 것도 좋겠지만 아직 퇴직자에 관한 재고

용 제도가 없어서 공로 연수 기간 이후 퇴직은 당연한 일이다.

일에 대한 욕심과 아직 집에서 놀기에는 이르다는 생각에 요양병원이나 학원에서 계속 일하는 친구도 있다. 요양병원에서 7년째 일하고 있는 진순이는 오후 근무에 익숙해져서 힘이 덜 들기도 하고, 아들 둘 결혼할 때까지는 일을 더 해야 한다면서 결심하듯 말했다. 정년을 훌쩍 넘긴 나이에도 돈을 벌어 오고 있는 남편 덕에 골프와 여유 시간을 즐기는 지인도 있다. 병원에 근무하고 나보다 한 해 빠르게 조기 퇴직한 영미는 중남미 패키지여행을 보름간 다녀왔다며 자랑스럽게 여행 후기를 들려주었다.

각자의 방식대로 주어진 환경과 성향에 맞게 인생을 즐기면서 또는 일하면서 만 60세 전후의 삶을 살아간다.

일하면서도 시간을 내어 더러는 긴 여행도 떠나고, 평일 오전 친구들과 디저트 카페에서 한가로이 담소를 나눌 수 있는 여유도 누리고 싶다. 루틴처럼 해오던 운동을 계속하고 친구들과 함께 좋아하는 가수의 라이브 무대를 관람할 수 있는 열정도 식지 않았으면 더 좋겠다.

나 역시 더 일할 생각이다. 보건 간호사 일은 오래 해온, 가장 익숙한 일이다. 힘들 때는 쉬어 가며 몇 해 더 일하려 한다. 여태 쉼 없이 살아왔으니, 이제는 숨이 차면 천천히 걸어가도 괜찮을 것 같다.

지난 시간 과중한 업무와 치열한 경쟁이 있었다면, 이제는 주어진 작은 일이라도 소중히 생각하면서 경쟁보단 주위를 둘러보며 성실하게 일하고 싶다. 보건 업무 초년생에게는 오래 일하는 동안 터득한 지혜와 지식도 알려주고, 손을 잡아 이끌어 주면서 사회에 도움이 되는 일을 하고 싶다. 한 일에 대한 보수가 적더라도 정년 이후 할 수 있는 일이 있다는 것에 감사하며 말이다.

정년이란 전환점은 새로운 출발을 의미한다. 오랜 직장 생활에서의 경험과 경력을 토대로 또 다른 꿈과 목표를 향해 출발하는 것이다.
즐거운 마음으로 할 수 있는 일과 신체적 건강, 그리고 시간적 여유가 있는 삶이길 희망한다.
그리고 나의 삶이 눈부시진 않아도 호수 위 잔잔한 물결처럼 은은한 여정이 펼쳐지기를 기대해 본다.

   우리는 병원 밖에서 일하는 간호사입니다

‖ **5** ‖

# 일을 내려놓고, 가족을 다시 보다

신계숙

퇴직까지는 약 3년 남아 있다. 수십 년 동안 일해 왔지만, 직장과 스트레스는 여전히 떼려야 뗄 수 없는 관계인 듯하다. 물론 스트레스가 나쁘기만 한 것은 아니다. 그렇다고 반가운 일은 더더욱 아니다. 나는 이 시간을 '아름다운 퇴직'으로 마무리할 수 있을까 스스로에게 묻는다.

대학을 졸업하자마자 사회생활을 시작했다. 긴 시간 동안 내가 가졌던 유일한 휴식은 병원을 그만두고 대한산업보건협회에 재취업하기 전 약 두 달뿐이었다. 그마저도 어떻게 보냈는지조차 기억나지 않는다. 그 짧은 시간이야말로 나 자신을 돌아볼 수 있었던 소중한 기회였다는 것을 이제야 깨닫는다.

협회에 입사한 뒤 조직에 적응하고, 가정을 꾸렸다. 그 모든 시간 속에서 가족의 이해와 응원이 없었다면 지금의 나는 이 자리에 서지 못했을 것이다.

결혼 후 1년 만에 첫째 아이를 낳았다. 육아가 처음이라 힘들기만 했다. 결국 아이가 태어난 지 두 달도 되지 않아, 강원도에 있는 친정집에 아이를 맡길 수밖에 없었다. 주말마다 아이를 보러 가고, 다시 돌아올 때면 차 안에서 울곤 했다. 이별이 아쉬웠고, 무엇보다 미안한 마음이 컸다. 20개월이 지나 어린이집에 보낼 수 있겠다 싶어 아이를 다시 데려왔다. 하지만 아이도, 나도 달라진 환경에 적응하기가 쉽지 않았다. 다행히 그 시기에는 출퇴근 시간이 비교적 일정한 보건관리국에서 근무하고 있었다. 그래서 아이를 어린이집에 등·하원 시키는 일은 큰 어려움 없이 할 수 있었다.

하지만 둘째 아이를 키울 때는 상황이 많이 달라졌다. 친정집에서 더 이상 아이를 돌봐줄 수 없게 되었다. 나는 건강진단국으로 부서를 옮기면서 새벽 출장이 잦아지고 야근하는 횟수도 많아졌다. 두 아이를 돌보는 일은 점점 더 벅차게 느껴졌다. 지금은 유연 근무제가 도입되어 출퇴근 시간을 조정할 수 있지만, 당시에는 그런 제도가 없었다. 개인적인 사정으로 업무에 차질을 주고 싶지 않아 더 많이 노력했다. 왜 그렇게까지 무리했을까 하는 생각이 들곤 한다. 요즘 육아로 힘들어하는 후배들을 보면, 그 마음을 누구보다 잘 알기에 더 따뜻하게 다가가고 싶다.

육아 중에는 죄책감을 느낀 일도 있었다. 어느 날 아이가 유행성 결막

염에 걸렸다. 오랜 직장생활 탓에 이웃과는 교류가 거의 없었다. 갑작스러운 상황에 아이를 맡길 마땅한 사람이 없었다. 결국 아이를 어린이집에 보내기로 했다. 선생님께는 감기 때문에 눈이 충혈된 것 같다고 거짓말을 했다. 하루 종일 불안한 마음으로 일을 마쳤다. 퇴근 후 어린이집에 도착했을 때는 조마조마한 심정이었다. 당시 같은 반에 있던 아이들 가운데 한 남자아이의 눈이 충혈된 것을 보았다. 그날 나는 엄마라는 이름이 부끄러웠다. 그 시기는 육아로 인해 가장 힘들었던 시기였다. 남편에게 이 사실을 털어놓자. 너무 바빠 휴가를 낼 수 없는 나 대신 남편은 기꺼이 출근 시간을 조정하고 휴가를 내며 육아를 함께해 주었다. 그때부터 남편은 내 삶의 가장 든든한 동반자가 되었다.

30년의 직장생활 동안 인사이동이 세 번 있었다. 현재는 부산에서 근무하며 주말부부로 지내고 있다. 처음에는 낯선 도시에서 혼자 생활한다는 것이 막막하게 느껴졌다. 지금은 일에 집중하고, 원하는 취미생활을 하며 나를 돌보는 시간을 보낸다. 주말이 되면 남편과 함께 운동하거나 맛있는 음식을 나누며, 오랜만에 연애 시절로 돌아간 듯 설렘을 느낀다. 객지 생활이 외롭고 힘들 줄 알았지만, 오히려 혼자 있는 시간이 늘면서 가족의 소중함을 더 깊이 깨닫게 되는 것 같다. 떨어져 지내기에 더 자주 마음을 표현하게 되었고, 가족과의 소소한 주말 일상조차 감사하게 느껴진다.

그 주말도 평소처럼 남편과 함께 시간을 보냈다. 남편이 속이 쓰리다며 말을 꺼냈지만, 간호사로 일해 온 나는 습관적으로 "괜찮아."라고 넘겼다. 남편은 내 반응에 서운한 듯했다. 평소 내가 감기라도 걸리면 지나치게 걱정하던 남편이었다. 서로 마음이 어긋난 채로 우리는 어색한 인사를 나누고 헤어졌다.

바로 다음 날, 점심시간에 큰딸에게서 전화가 왔다. 우리 가족은 내가 근무 중일 때는 사소한 일로 연락하지 않는데, 순간 불길한 예감이 스쳤다. 남편이 중환자실에 입원했다는 충격적인 소식이었다. 머릿속이 하얘졌다. 서울에서 근무 중이던 딸에게 먼저 병원에서 연락이 간 모양이었다. 간호사로서 많은 응급상황을 경험해 왔지만, 그날만큼은 아무 생각이 나지 않았다. 그저 남편에게 달려가야 한다는 마음뿐이었다.

가방을 챙겨 부산역으로 향하는 내내 숨이 막히듯 가슴이 조여 왔다. 머릿속은 온통 남편 생각으로 가득했다. 혼자 얼마나 두렵고 외로웠을까를 떠올리자 눈물이 났다. 어떻게 부산역에 도착했는지도 기억나지 않았다. 서울행 열차 안에서 주치의와 연락이 닿았다. 남편이 병원에 일찍 도착하여 위험한 고비는 넘겼다는 말을 들었다. 그제야 안도의 한숨이 나왔다.

겉으로는 늘 건강해 보였던 남편이었지만, 정밀검사 결과 여러 수치에서 이상이 발견되었다. 그 일 이후 남편은 식단을 조절하고 꾸준히 운동하며 건강을 되찾기 위해 노력했다. 다행히 지금은 대부분의 수치가 정상으로 돌아왔다. 그날 이후 주변 사람의 "괜찮아."라는 말에도 결코 가볍게 넘기지 않게 되었다. 그것은 가족을 지키는 가장 기본적인 보건 관리라는 사실을 알기 때문이다.

가족이 언제나 곁에 있을 것이라 당연하게 여겨왔다. 이제는 그 당연함이 얼마나 소중한 것이었는지를 절실히 깨닫는다. 육아와 집안일을 기꺼이 함께해 준 남편의 헌신 덕분에 나는 좋아하는 일을 마음껏 할 수 있었다. 어려서부터 많은 일을 스스로 감당해야 했던 내 아이들에게도, 엄마의 손길이 간절했던 순간들이 있었을 것이다. 회사에 피해를 주면 안 된다는 책임감 속에, 아이들이 잠든 얼굴만 보고 출퇴근하던 날이 많았다. 이제야 그 시간을 돌아보면 마음 한구석이 아프면서도, 동시에 잘 자라준 아이들에게 감사한 마음이다. 어느덧 두 아이는 성인이 되었다. 지금은 내 일을 진심으로 지지해 주는 든든한 지원군이 되어있다. 가족은 내 인생에서 가장 큰 선물이며, 그 무엇과도 바꿀 수 없는 소중함을 다시금 느낀다.

오랜 직장 생활을 버텨올 수 있었던 힘은 가족이라는 든든한 울타리 덕분이다. 육아와 집안일, 그리고 업무 사이에서 고군분투했던 수많은 순간을 돌아보며, 가족의 지지와 응원이 없었다면 오늘의 나도 없었음을 절실히 깨달았다. 다가오는 퇴직은 단순히 일의 끝이 아니라, 삶과 경험을 돌아보고 의미를 새기는 또 다른 시작이다.

이제 그동안의 모든 경험과 사랑, 배움이 나를 더 단단하게 만들었음을 안다. 남은 시간은 감사와 성찰 속에 나와 가족, 그리고 소중한 사람들과 함께 의미 있게 살아가고 싶다. "삶에서 진정한 성공은 우리가 받은 사랑과 나눈 사랑으로 측정된다."라는 오프라 윈프리의 말처럼, 지난 30년간 현장에서 만난 사람들과 가족에게 받은 사랑만으로 나는 성공한 인생을 살았다고 말할 수 있다.

# ‖ 6 ‖

## 나는 아직도
## 성장 중이다

이미숙

산업보건은 단순한 직업이 아니라 희망을 전하는 길이었다. 걸어온 길을 돌아보니 근로자들의 건강과 안전보건을 지켜주는 파수꾼 역할을 해왔다는 생각이 든다. 은퇴 후에도 이러한 활동을 멈추지 않고 계속 이어가겠다고 다짐했다. 그래서 30대부터 이미 퇴직 후 '나는 무엇을 할 것인가, 어떤 준비를 해야 하는가?'라는 질문을 자신에게 했다. 결론은 70세까지 일할 수 있는 기반을 만들어야 한다는 것이었다. 그 준비의 시작은 바로 공부였다.

산업보건 업무를 하다 보면 현장에서 보건교육 요청이 자주 들어왔다. 강사로 활동하기 위해 프로필을 달라는 요청을 받을 때가 많았는데, 처음에는 '간호사면 충분하지 않을까?'라고 생각했다. 그러나 막상 요청이 들어왔을 때 보여줄 만한 것이 없다는 사실을 알았다. 부족한 부분을 채우기 위해 공부를 하기로 마음먹었다.

대학에 다닐 당시 간호학과는 3년제였다. 다시 공부를 이어가려니 어떤 길을 선택할지가 고민이었다. 직장 생활을 병행할 수 있는 한국방송통신대학교가 떠올랐다. 업무와 연관 있는 전공을 선택해 나는 환경보건학과 3학년에 편입했다. 입학식 날 만난 동기들과 함께 왕복 3시간이 소요되는 스터디에 매주 참여했다. 업무로 피곤한 날도 있었으나 동료 학생들과 함께하는 시간이 즐거워서 빠지지 않고 참석했다. 나이가 들어서 다시 하는 공부였지만 그 나름의 재미와 보람이 있었다.

대학교 생활은 생각보다 활기찼다. 학생회 활동과 다양한 행사에 참여하며 사람들과 어울리는 시간이 즐거웠고, 공부와 활동을 병행하며 보람도 느꼈다. 그 과정에서 대학원 진학을 권유받았고, 처음에는 전혀 계획이 없었지만 더 깊이 배우고 싶다는 마음이 생겼다. 대학원에서 현장에서의 경험을 학문과 연결할 수 있다는 점이 인상 깊었다. 연구를 통해 산업현장의 근로자들을 새로운 시선으로 이해하게 되었고, 공부에 몰입하는 시간 속에서 배움의 즐거움을 다시 발견했다.

석사과정을 마친 뒤 잠시 쉬었지만, 학문에 대한 갈증이 다시 나를 공부로 이끌었다. 박사과정은 쉽지 않았고 중도에 포기하고 싶은 순간도 많았다. 그럼에도 지도교수의 격려와 조언 속에서 끝까지 과정을 마칠 수 있었고, 그 시간은 이후의 일과 은퇴 후 삶까지 이어지는 기반을 다지는 과정이었다.

학업의 여정을 돌아보면, 방향을 잡아줄 멘토가 없었던 점이 늘 아쉬웠다. 스스로 길을 찾아가야 했기에 시행착오도 많았고, 때로는 잘못된 방법으로 시간을 허비하기도 했다. 만약 그 시기에 이끌어 주는 누군가가 있었다면, 불필요한 시행착오를 줄이고 훨씬 더 효율적으로 공부할 수 있었을 것이다. 그 경험은 '혼자만의 노력'이 얼마나 고된 것인지를 깨닫게 했다. 동시에 누군가의 조언과 격려가 학습의 방향을 얼마나 바꿔놓을 수 있는지도 알게 되었다. 그래서 지금은 나와 같은 길을 걷고자 하는 사람들, 즉 공부를 시작하려 하거나 진로를 고민하는 후배들이 있다면 적극적으로 도움을 주려 한다. 걸어온 길과 그 속에서 부딪히며 배운 점, 그리고 수많은 어려움을 극복했던 과정을 솔직하게 나누는 것이 나의 또 다른 역할이라고 생각한다. 누군가에게 길을 안내하고, 포기하지 않도록 격려하며, 자신감과 동기를 심어주는 일이 큰 보람이 되었다. 과거의 아쉬움은 지금의 나를 성장시키는 원동력이 되었다. 또한 그 경험이 다른 사람에게 긍정적인 영향을 줄 수 있다는 사실이 무엇보다 뜻깊다.

직장 생활과 학업을 병행하며 쌓아온 경험은 또 다른 삶을 준비하는데 큰 자산이 되는 것 같다. 은퇴 후의 삶을 미리 준비하라고 후배들에게도 꼭 전하고 싶다.

삶을 돌아보면 산업보건은 단순한 직업이 아니라 희망을 전하는 일이었다. 근로자의 건강을 지키는 일 속에서 나 또한 배우고 성장해 왔고, 그 과정은 지금도 진행 중이다.

노력 없이는 아무것도 이루어지지 않는다. 몸소 깨달으며 걸어온 길이었다. 이제 나는 퇴직 후에도 준비된 삶, 그리고 여전히 누군가에게 희망을 전할 수 있는 삶을 살아가려 한다.

30대 후반부터 퇴직 후를 미리 고민하고 준비해 온 덕분에 이제 행복하게 제2의 인생을 설계할 수 있다. 준비되어 있느냐 없느냐가 삶의 질을 결정하는 것 같다. 준비 없이 맞이하면 우울증과 불안, 정신적 고통을 피하기 어렵다. 그렇지만 은퇴 후에는 산업보건에서 배운 지식과 경험을 토대로 또 다른 형태로 직업을 가질 계획이다. 40대에는 70세까지 일을 하기로 계획했으나, 50대가 되니 그 목표가 75세까지로 늘어났다. 22개월 후면 퇴직이다. 은퇴를 할 수 있다는 건 감사할 일이다. 직장 생활을 시작할 때는 생각도 못 한 일이다. 지금까지 잘 버텨온 나에게 그동안 수고 많았다고 칭찬해 주고 싶다.

1년 전, 나는 새로운 목표를 세웠다. 바로 산업보건 지도사 자격증을 취득하는 일이었다. 산업보건 분야에서 일하며 많은 경험을 쌓아왔지만, 스스로 한 단계 더 성장하고 싶다는 바람이 늘 마음속에 있었다. 그래서 올해부터 마음을 다잡고 본격적으로 공부를 시작했다. 쉽지 않은 길이지만, 배우는 과정 자체가 오히려 큰 힘이 되고 있다.

다행히 1차 시험은 합격했다. 아직 2차와 3차라는 높은 문턱이 남아 있지만, 끝까지 포기하지 않고 꾸준히 나아가려 한다. 자격증 공부를 하는 과정에서 살아온 인생을 다시 돌아보는 계기가 되었다.

나의 목표는 분명하다. 퇴직하는 날, '산업보건 지도사' 자격으로 떠나는 것이다.


돌아보면 내 인생은 늘 도전의 연속이었다. 그 도전을 통해 여기까지 올 수 있었고, 지금도 멈추지 않고 있다. 인생의 후반전에서 다시 시작한 이 도전은 앞으로의 시간을 더 의미 있고 단단하게 빛나도록 만들어 줄 것이다.

# 7

## 늦게 도착한
## 선생님이라는 꿈

이은미

대한산업보건협회에서 산업 간호사로 28년. 돌이켜 보면 롤러코스터 타는 듯 오르막 내리막이 심했던 것 같다. 퇴직 후 지금은 비행기처럼 날개를 활짝 펴고 하늘을 오르는 듯하다. 달력에 빼곡한 일정표를 보면 행복한 미소가 입가에 지어진다. 퇴직 전보다 바쁜 하루는 24시간이 부족하게 느껴진다.

대학원 수업 출석하고 방송통신대 강의 듣고, 필요한 자료 준비와 강의를 하다 보면 노루 꼬리처럼 하루가 짧다. 알찬 하루를 보내는 나 자신이 너무 사랑스럽다.

무엇이든 열심히 노력하는 나를 보면 유난히 엄마에 대한 그리움이 가슴 깊이 뭉게구름처럼 피어오른다. 오늘처럼 비가 많이 오면 더욱더 간절하게 엄마가 보고 싶다. 농촌에서 자란 나는 어릴 적에 비가 내리는 날이 아니면 바쁜 엄마와 이야기조차 할 시간이 없었다. 비 내리는 날은 엄마와 마루에 앉아 처마 끝에 떨어지는 빗방울을 바라보곤 했다. 엄마 무릎에 기대 누우면 내 귀 청소도 해주시면서 그동안 못하신 마음속 이야기를 하셨다.

엄마는 3남 1녀의 자식 중 유독 딸인 나에게 많은 사랑을 주셨다. 오빠와 동생이 '은미 엄마'라고 할 정도였다. 어린 시절 청소나 빨래와 같은 집안일도 어른이 되면 평생 할 일이니 그 시간에 책 한 장이라도 더 보라고 하셨다. 엄마의 꿈은 자식 중 누구 하나는 선생님이 되는 거라고 자주 말씀하셨다. 딸인 내가 그 희망을 채워 주기를 간절히 바라셨던 것 같다. 엄마의 자식 농사 꿈이 얼마나 간절했는지 간호학과 지원하는 나를 일주일 동안 외출을 금지해서 원서 접수도 어렵게 하셨다. 강한 반대 속에서도 나는 간호대에 입학했고, 결국 간호사가 되었다. 처음에는 등을 돌렸던 엄마는 결국 간호사의 길을 가는 나의 응원자가 되어 주셨다.

1997년 2월, 경기 북부센터에 입사해서 건강진단부, 보건관리부 두 부서를 거치며 근무했다. 시간은 자연스럽게 흘러 정년이 가까워지고, 퇴직 후를 생각하면서 하루하루 협회 생활을 열심히 했다. 정년이 6년 정도 남았던 2018년, 본부에만 있던 교육사업팀이 경인지역본부에도 생기게 되면서 강사 희망자를 모집하였다. 팀장님과 의논 후, 지원해 강사로 등록했다. 보건관리 대행 사업장에서 근로자들 대상으로 집체 교육한 경력이 있어 강의에 대한 두려움은 없었다.

남 앞에 나서기 좋아하는 나는 관리감독자를 위해 강의하면서 정년 후에도 강의를 계속하고 싶다고 생각하고 있었다. 그러던 중 교육사업 팀 공고를 보고 지원하였다. 경인 지역 교육사업팀은 새롭게 신설된 부서라 지원자가 없어 바로 발령이 났다. 교육사업팀 발령 첫날 국장님은 "교육사업팀은 강의보다 행정 및 교육과정 진행이 주 업무"라고 했다. 새로운 전산 작업에 대해 걱정이 되기 시작했다. 강의만 생각하고, 업무를 깊게 파악하지 않고 선택한 나는 후회 또 후회했다.

행정업무로 힘든 시기를 견디고 있을 무렵, 교육사업팀 등록 강사들은 분기에 12시간 이상을 강의해야 하는 법적 의무가 있기에 나는 관리감독자 교육과정 중 응급처치 부분을 맡았다. 강의 시간은 나에게 새로운 에너지를 주는 소중한 시간이었다. 교육 후 교육생들의 환한 미소와 만족도 평가 결과는 내 선택이 틀리지 않았음을 말해주는 것 같았다. 교육사업팀 업무도 이렇게 서서히 익혀 갔다.

경인 지역 교육사업팀은 경기도 지역 특성상 구역이 너무 넓어 출장이 많다. 출장 교육은 출퇴근 거리가 먼 나에게는 오히려 혼자 쉴 수 있는 시간이 돼 행복하기도 했다. 태백 출장 때에는 이른 아침 꼬불거리는 안개 낀 도로를 운전하면서, '이러다 잘못되면 어떡하나.' 하는 불길한 생각이 들기도 했었다.

춘천 교육청 소속 관리감독자 교육 강의 시간은 지금도 선명하다. 교장선생님들 앞에서 강의하는 순간 엄마가 생각났다. "엄마는 제가 선생님이 되기를 소원하셨는데 제가 선생님들 앞에서 강의하고 있으니, 제가 지금 엄마의 꿈을 이뤄 드리고 있는 거겠죠?"라는 내 말에 교장선생님들이 큰 박수로 대답해 줬다. 그 소리에 나도 모르게 눈물이 났던 추억은 지금까지 소중하다.

교육사업팀 근무 중에는 주말에도 여러 교육과정에 참여하며 더 훌륭한 강사가 되기 위해 열심히 준비했다. 퇴직을 6개월 앞둔 공로 연수 기간에도 다양한 세미나를 참석하고 수강을 위해 분주했다. 교육사업팀 5년간의 근무 경력은 인생 2막을 위한 여러 기회와 능력을 주었다. 그 덕분에 응급처치 교육과 요양보호사, 보육교사, 아이 돌봄 교육 등 다양한 분야에서 강사로 열심히 활동하고 있기 때문이다. 교육 대상자도 초중고생에서 성인까지 다양하다. 강단에 서는 시간이 많아질수록 보람도 크다.

초등학교 6학년생들을 대상으로 심폐소생술 응급처치 교육을 한다. 쓰러진 사람을 발견하면 살릴 수 있는 유일한 방법이 뭐냐고 물으면, 아이들은 교육 전까지 장난치고 떠들다가도 "심폐소생술이요."라고 바로 대답한다. 진지하게 교육에 집중하는 모습은 나를 행복하게 한다.

교육 대상이 성인일 때는 심폐소생술 실습하는 모습 보면 교육을 몇 번 받았는지를 안다. 누르는 자세와 위치, 깊이, 속도, 그리고 인공호흡과 자동심장충격기 사용 방법 등을 보면 알 수 있기 때문이다. 교육받은 횟수가 많으면 많을수록 정확한 심폐소생술을 할 수 있다. 응급상황 시 하나뿐인 생명을 살리기 위해서는 몸이 먼저 반응할 수 있도록 반복하여 실습하는 것이 중요하다.

요양보호사 교육에서는 요양보호사 직업을 갖기 위해 교육에 참여하는 분들이 열심히 수업을 듣는다. 자격시험에 합격해야 하니 열심일 수밖에 없다. 요양보호사는 봉사와 희생의 정신이 없으면 하기 힘든 직업이라고 첫 강의 시간마다 꼭 말씀드린다. 교육생 중에는 다문화가정 출신으로 한국어가 서툴러 번역기 돌리며 강의 듣는 학생도 있다. 서로 배우자를 돌보기 위해 교육을 받는 80세에서 90세의 어르신들. 인지장애가 있는 엄마 아빠를 돌보고 이해하기 위해 교육을 받는 자식들도 있다. 저마다의 목적이 있어 학습에 대한 열의도 높다. 이들을 위해 강의를 하다 보면 나 자신도 열정이 솟구칠 때가 많다.

엄마도 돌아가시기 전 요양시설에 계셨다. 내가 요양보호사를 가르치는 교육 강사가 될 것이라고는 생각도 하지 못하셨을 거다. 엄마가 희망했던 학교 선생님은 아니지만 엄마를 돌봐주던 요양보호사들의 선생님이 된 지금, 엄마의 뜻이 이루어진 건 아닐까.

기회는 누구에게나 찾아오지만, 준비된 이들에게만 선물을 준다고 한
다. 노력은 결과라는 열매로 바로 눈에 보이진 않아도 사라지지 않는다.
어딘가 숨어있다가 필요할 때 열매를 내어주기 마련이다. 그 진리를 믿
으며, 나는 오늘도 또 다른 기회를 향해 전진한다.

‖ 8 ‖

# 맥주 가게 사장이 된
# 산업 간호사

전춘자

2025년 6월 30일 퇴직을 했다. 지금은 공로 연수 기간이다. 사회에 적응할 준비를 할 수 있도록 일정 기간 현업에서 벗어나 정년 후의 삶을 준비하는 제도를 말한다. 누군가 말했다, 정년 퇴임을 하게 되면 우울증을 앓기도 한다고. 내가 그럴 줄 몰랐다. 누구보다 현업에 있을 때 열심히 일했고, 일한 성과가 좋았기에 모든 일이 나를 중심으로 돌아가고 있다고 믿었다. 직장에 대한 만족감도 대단했다. 직장에 대한 소속감 또한 커서 언제나 스스로가 자랑이었다. 우리나라를 대표하는 산업보건 전문 기관에서 직업 관련 질병들을 예방하는 업무를 한다는 것이 나에게는 대단한 자부심이었다.

퇴직자에게 우울감은 왜 생기는 걸까? 조용히 나를 들여다보았다. 일에 대한 나의 자만심에서 비롯되었음을 곧 알게 되었다. 현직에 있을 때, 내가 아니면 안 된다는 생각. '나만큼 시간과 정성을 들여 일하는 사람이 있을까?' 하며 내가 관리하는 사업장 근로자의 건강을 관리한다는 자부심, 모두가 꺼리는 일들을 처리하면서 "내가 해냈다." 느낀 성취감. 그리고 자만심이 가슴 밑바닥에서 나를 지배하고 있었다. 돌이켜보면 그런 마음들이 힘들어도 나를 지탱해 주는 힘이었던 것 같다. 퇴직을 한 달 앞두고도 나는 현장 업무를 하였으며, 공공기관과의 각종 협력 관련 업무 및 주요 업무에 따른 사소한 일까지 후배들에게 맡기지 못하고 솔선수범이라는 자기도취에 빠져 일했다. 그러다가 바로 정년 퇴임하게 되었다. 나를 지탱해 주었던 그 많은 일들이 갑자기 사라진 것이다. 우울감과 상실감이 생기는 것은 당연한 결과였다. 어느새 공로 연수 기간도 반이 지나고, 그 허탈감으로 찾아온 우울감도 이제 어느 정도 저만치 보내는 중이다. 모든 일은 지나간다. 추억은 추억일 뿐임을 절실히 느끼며 나는 새로운 직업에 눈을 뜨고, 어떻게 살고 싶은 건지 나에게 질문을 던진다.

내가 새로 시작한 일은 수제 맥주 하우스라는 맥주 가게 운영이다. 산업 간호사라는 직업과는 거리가 멀어 보이는 일이라 처음에는 자신이 없었다. 직업, 즉 일이란 모두 신성한 것인데, 내가 정한 직업이란 고정관념에서 벗어나고 싶었다. 간호사가 맥주 가게를 운영하면 안 된다는 법도 없지 않은가? 맥주 가게 일이 온전히 처음은 아니었다. 남편이 운영하였던 맥주 가게를 주말이면 도와주었기 때문이다. 현장에서 늘 새로운 도전을 즐기는 편이기에, 그런 내 성향을 알고 남편은 나에게 가게 운영을 제안했다. 옆에서 돕는 지원자에서, 이제는 내가 주축이 되어 내 방식대로 해보고 싶었던 욕심에 남편의 제안을 흔쾌히 받아들였다. 그렇게 남편은 새로 직장인이 되어 출근하게 되었고 나는 소상공인, 즉 맥주 가게 사장이 되었다.

가게는 2019년 5월에 시작해서 코로나 팬데믹으로 어려운 고비도 있었다, 지금도 사회 전반적인 장기 불황으로 여전히 어려움은 있지만 도전해 보고 싶었다. 산업 간호사로서 보건관리자 역할이나, 가게 운영에서 사람을 대하는 일이 별반 다르지 않았다. 이 일을 시작하면서 퇴직으로 시작된 나의 우울감은 서서히 옅어지고 있다. 가게를 찾아오는 손님들에게서 새로운 에너지를 얻고, 가게 일을 잘해 보고자 하는 간절한 마음이 매일매일 나를 거듭나게 한다. 왜 우리 가게는 장사가 되지 않을까 분석도 해본다. 그 결과 조금씩 수제 맥주 하우스는 달라지고 있다. 얼마나 애정을 가지고 이 일에 임하는지, 보건관리자이든 맥주 가게 사장이든 통하는 부분이 있음을 나는 육감으로 느끼고 있다.

맥주 가게 운영을 결정하면서 체력 증진을 위해 헬스장에도 등록하게 되었다. 맥주 가게 옆에 있는 헬스장에 들렀다가 당일 사용할 식자재 및 농수산물 시장을 경유한다. 그리고 이른 저녁 5시에 오픈 전등을 켜고,

청소한다. 청소는 가게를 찾아오는 손님에 대한 기다림의 시작이다. 기다림의 대상이 구체적일 때도 있지만 대부분 무작정 기다릴 때가 많다. 1시간 청소를 끝내고 저녁 해거름 햇살이 아직 남아 있는 적당한 장소에 앉아 이런저런 생각에 잠겨본다. 주로 과거 직장 생활에 대한 아쉬움과 '왜 그랬을까?'라는 때늦은 후회이기도 하다. 그때는 옳았던 나의 행동이 지금은 꼭 그래야만 했을까, 라는 반성의 시간도 갖는다

나름 가게 홍보도 할 겸 카카오톡 프로필에 가게 이름과 새로운 출발을 암시하는 사진을 올린 적이 있다. 그 소식을 보고 과거 업무적으로 친했던 근로자가 찾아왔다. 어느 날 갑자기 가게 문을 열고 들어오는 그분을 보면서 퇴직 후 나를 힘들게 했던 우울감은 한순간에 사라졌다. 역시 사람에게서 받았던 허탈감은 사람으로부터 채워짐을 느끼는 순간이었다, 그날 저녁 내내 기분이 좋아서 콧노래를 흥얼거렸다.

또 다른 근로자가 방문했다. 정말 반가운 분이었다. 과거 사업장에 방문할 때, 간호사인 내가 너무 빡빡하게 해서 근로자 몇몇은 내 방문을 꺼리기도 했다고 했다. 시간이 지나 이제야 이야기한다고 과거를 회상하며 웃음을 자아냈다. 그때는 옳았던 나의 행동이 상대를 너무 배려하지 않았던 행동이었음을 깨닫는 순간이었다. 새로운 직업을 통해서 좀 더 성숙해진 나를 발견할 수 있는 계기가 되었다.

20년 전부터 부르던 '샘'이라는 호칭을 그대로 부르며 찾아온 분도 있었다. 그분에게 고마운 마음을 전하고 싶다. 새로운 일에 대한 두려움을 말끔히 사라지게 한 분이다. "샘은 잘할 수 있어요."라고 내게 주문을 걸어 주었다. 샘은 옛날에도 그랬다고, 온화한 미소 뒤에 힘이 있다고. 과분한 칭찬에 그날도 콧노래를 흥얼거렸다.

아끼던 후배들도 찾아왔다. 찾아온 후배들이야 얼굴을 보아서 기쁘지만, 마음은 있어도 미처 오지 못한 후배들 마음까지도 알 것 같았다. 말하지 않아도, 새로 시작하는 선배인 나를 얼마나 응원하고 있을지. 오지 않아도, 얼굴을 보지 않아도 짐작할 수 있었다.

그들은 아직 모른다. 정년퇴직이라는 선배의 일이 얼마 지나지 않아 본인들의 일이 된다는 것을. 퇴직 후 내가 느끼는 삶의 허탈감, 소속감이 없어지는 상실감, 그 많던 후배들이 직장 동료에서 더 이상의 관계로 지속하지 못하는 아쉬움이 얼마나 우울하게 만드는지를. 후배들에게 부끄럽지 않은 선배로 남고 싶다. 무엇보다 새로 시작한 직업을 잘 극복해서 나 자신에게 자랑스러운 내가 되고 싶다. 그러하기 위해서는 맥주 가게가 처한 환경을 극복하는 것이 현재 나의 과제다.

가게 시작 후 최대의 위기를 겪고 있다. 코로나 팬데믹 시대를 능가하는 장기 불황 때문이다, 코로나 팬데믹이 바꾸어 버린 전반적인 사회문화, 단체 회식이 사라지고 개인적인 생활을 중시하는 사회적인 분위기가 더해지면서 자영업은 어려운 시기를 보내고 있다. 일과를 마치고 삼삼오오 모여 맥주 한잔에 하루의 피로를 날려버리는 문화는 이제 지난 이야기가 되어버렸다. 그 속에서 우리 가게만이 가질 수 있는 특색을 찾아야 한다. 멈추지 않고 변화에 민감하게 반응해야 한다. 마치 고향에 온 듯 편안한 분위기를 만들기 위해 매일 생각한다. 그리고 매일 청소한다. 메뉴개발과 손님이 가게 문턱을 넘어, 가게 안으로 들어오게 하는 방법들이 무엇일까?

무슨 일을 하든 거저 얻어지는 것은 없다. 과거에도 최선을 다해서 살았다. 이제는 소상공인 사장으로 맥주 가게에서 인생 2막을 준비할 때가 되었다. 내가 선택한 나의 새로운 직업에 최선을 다할 것이다.

시간이 지난 후 대한산업보건협회를 떠날 때 자랑스럽고 후회 없었던 것처럼 지금 일도 후회 없을 만큼 잘 해내고 싶다.

**‖ 9 ‖**

## 정년, 삶의 방향을
## 바꾸는 순간

정진희

나는 출산과 함께 다니던 병원을 퇴직했다. 혼자의 힘으로 꿋꿋하게 견뎌왔던 어린 시절을 대물림하지 않기 위해 아이들 돌보는 일에 온전히 마음을 쏟았다. 힘든 아르바이트와 장학금으로 대학에 다니며 배움에 대한 열정을 키웠던 나는, 아이들을 배움에 부족함 없이 키우고 싶었다. 학구열 또한 컸다. 아이들과 가정을 돌보는 일에 전념하면서도 나 자신을 놓지 않으려 애썼다. 간호학원에서 주간, 야간 가리지 않고 학생들을 가르쳤다. 엄마로서, 아내로서, 학원 강사로서 모든 순간에 최선을 다하며 살았다.

아이들이 자라 고등학생이 될 무렵 일상에 여유가 조금 생겼다. 살아온 나를 돌아보며 "나는 지금 어떤 삶을 살고 있는가? 나는 어떤 사람일까?"라는 질문을 떠올렸다. 그러던 중 대한산업보건협회 구인 광고가 눈에 들어왔다. 자격요건이 운전할 수 있는 자로서 근무지는 반월공

단이었다. 간호사가 운전하며 무슨 일을 하는지는 알 수 없었지만 지원
해 보고 싶었다. 운전에 대한 두려움도 있었지만 도전하기로 했다. 나의
운전 실력은 아이들 학교와 간호학원을 겨우 다닐 수 있을 정도였다. 이
또한 배움의 기회라고 생각했다.

산업 간호사는 병원 간호사와 달리, 매일 택시 기사처럼 운전해서 사
업장을 방문한다. 처음에는 서툴렀다. 산업보건에서 물질안전보건자료
인 MSDS가 무엇을 의미하는지도 몰랐기에 사업장 방문 시 선배가 불러
주는 대로 보고서를 작성하기도 했다.

'매일 작업 현장을 찾아가서 근로자들과 사업주를 만나는 일이 나에게
맞을까?' 의문이 들었다. 하지만 시간이 흐르고 경력이 쌓이면서 산업
간호의 역할을 점점 더 깊이 이해하게 되었다. 또한 그 길의 의미도 알
게 되었다. 먼지와 열기로 가득한 공장에서 귀마개 착용과 방진 마스크
착용을 권했다. 근로자들의 혈압을 재며 생활 습관의 작은 변화도 유도
했다. 위험한 작업환경이 발견되면 담당자와 함께 해결 방안에 관해 의
견을 나누었고, 안전한 일터로 만들기 위해 노력했다. 그런 과정이 쌓이
면서 자연스럽게 산업 간호라는 일이 나의 정체성이 되었고 삶의 한 부
분으로 깊게 자리 잡았다.

그렇게 시작한 산업 간호사 일이 어느덧 16년이란 세월이 흘러 곧 정

년을 앞두게 되었다. 입사 초기에 맡은 일은 소규모 사업장의 국고 사업이었다. 오른손에는 간이 검사 장비가 든 가방을, 왼손에는 독감 예방주사가 들어있는 아이스박스를 들고 현장을 누비며 근로자들에게 독감 접종도 권유했다. 사업장에서 반응이 좋았다. 소개가 이어지면서 사업은 자연스럽게 확장되었다. 종합건강검진 유치 업무에 힘쓴 덕분에 두 차례나 포상도 받고, 헌혈 유치 실적도 우수하여 혈액원에서 주최한 뮤지컬 공연에 초대받기도 했다. 우수사원으로 선정되어 해외 연수를 다녀온 경험도 있었다. 이 모든 순간은 나에게는 큰 성취감과 즐거움을 안겨주었다.

시간이 지날수록 일반병원 업무보다 산업현장에서 근로자들과 마주하며 건강을 지켜주는 산업 간호가 나에게 더 잘 맞는다는 걸 깨달았다. 사업장 방문 시 넓은 교육장을 발견할 때면 주저 없이 담당자에게 먼저 다가가 교육을 제안하기도 했다.


시간은 눈 깜짝할 새 흘렀다. 한때 정년이 7년이나 남았다고 위로했었는데 이제 달력 위로 손가락을 세어 보면 단 6개월 남짓 남았다. 젊을 때는 멀게만 느껴졌던 정년이 코 앞으로 다가온 것이다.


어느 날, 휴가를 내어 하루 종일 집에만 머물러 보기로 했다. 아침 햇살이 거실 창을 통해 들어오고 책장을 넘기며 하루를 느리게 보내는 시간을 만끽했다. 하지만 오후가 되자 왠지 모를 공허함이 스며들었다. 손끝이 근질거려 무엇이라도 하지 않고는 견딜 수 없었다. 그때 깨달았다. 나는 집 안에만 머무를 수 없다는 것을. 나에게 삶의 숨결을 느끼게 하는 것은 일과 사람 속에서 움직이며 살아가는 시간이라는 것을.

그날 이후 자연스레 머릿속에는 '퇴직 후 나는 무엇을 하며 살까?'라는 질문이 맴돌기 시작했다. 그리고 정년이 가까워지면서 그 고민은 점점 구체화 되었다. 아들과 딸이 미국에 있으니, 그곳에서 함께 지내는 삶도 떠올렸다. 하지만 한국에서 남편과 둘이 지내는 편안하고 익숙한 작은 일상들이 더 크게 다가왔다. 1년에 한 달쯤은 미국에서 아이들과 지내고, 동남아 같은 따뜻한 나라에서도 한 달 정도 여유롭게 운동과 산책을 즐기며 생활하고 싶다는 생각이 스쳤다. 그리고 탁구, 수영과 같은 운동도 일상의 한 부분으로 만들고 싶다.

남편은 종종 내가 몸을 움직이며 즐길 때 가장 행복해 보인다고 말한다. 집에만 있으면 에너지가 없어 보인다면서. 그 말에 웃으며 고개를 끄덕인다. 집에만 있으면 갑갑하고 무기력해진다. 바쁘게 움직이고 사람들과 어울릴 때 나는 더 살아 있다는 느낌이 든다. 수영장에서 힘차게 물살을 가르고, 탁구장에서는 남편과 공을 주고받으며 웃음도 나눈다. 때로는 운동화를 신고 둘레길을 걷는다. 부드러운 바람이 얼굴을 스칠 때면 온몸으로 살아 있음을 느낀다.

후배들이 퇴직 후에도 산업보건을 할 거냐고 묻는다. 물론 오랜 시간 함께한 산업보건과 강의는 이미 내 마음 한구석에 자리 잡았다. 아마 퇴직 후에도 강의 자료가 담긴 USB를 챙기며 다시 현장으로 향하게 될지도 모르겠다. 그 일은 단순한 직업이 아니라 내 삶의 일부가 되어 버렸기 때문이다. 그러면 후배들은 "참 선생님답다."라고 웃으며 말한다.

언젠가 나는 정년을 맞은 선배들에게 퇴직 후 삶을 물었다. 그리곤 내 미래를 그려보았다. 이제는 내가 그 질문을 받는 사람이 되었다. 그 사실이 조금 낯설면서도 마음 한편을 따뜻하게 한다. 긴 시간의 끝에서 새로운 시작을 꿈꿀 수 있다는 것, 그리고 그 길 위에 여전히 나답게 서 있을 수 있다는 사실이 고맙게 느껴진다.

퇴직하면 모든 게 무너질 것 같지만, 정년은 끝이 아니라 또 다른 출발선일 뿐이다. 퇴직은 휴식만을 의미하는 것이 아니다. 원하는 방식으로 다시 삶을 설계할 수 있는 시기라고 생각한다. 수십 년간 쌓아온 전문성과 경험으로, 오히려 또 다른 영역에서 더 단단한 힘이 될 것이다. 그 경험을 바탕 삼아, 앞으로도 산업보건 현장과 강의실에서 사람들과 경험을 나누고, 남편과 운동으로 일상의 활력을 챙기고, 아이들과 여행하며 낯선 풍경 속에서 새로운 배움을 이어가고 싶다.

일과 생활이 균형을 이루는 시간을 천천히 다듬어 갈 것이다.

언젠가 이 시간을 돌아보며 말하고 싶다.

정년 이후의 삶도 충분히 살아 있었고, 내가 선택한 길로 단단히 채워져 있었으며, 열정을 다해 살아왔다고….

## ‖ 10 ‖

# 시련은
# 나를 키워준 스승

최숙형

삶은 원하지 않는 순간에 갑자기 무거운 짐을 안겨주곤 한다. 불쑥 찾아온 시련은 처음엔 나를 무너뜨릴 것 같았고, 그로 인해 도망치고 싶은 마음이 앞섰다. 그러나 시간이 흐르면서 나는 그 시련 속에 숨겨진 또 다른 얼굴을 보게 되었다. 그것은 나를 성장시키는 은밀한 선물이었다.

본부 교육사업국 팀원으로 인사 명령이 났다. 속된 말로 좌천이었다. 30년 산업보건 생활에서 가장 받아들이기 어려운 통보였다.

오랫동안 팀장을 맡아 왔다. 의사결정을 하고 방향을 제시하고 팀원들의 어려움을 살피는 일이 내 일상이었다. 그런데 어느 날 갑자기 '팀장'이라는 직함이 사라지고 '팀원'으로 발령받았다. 누군가에게는 단순한 보직 이동이 내게는 마음에 큰 상처로 남았다. 그러나 고민할 시간적 여유도 없이 이사하고 새로운 곳으로 출근 준비를 했다.

몇 년 전까지는 어떤 환경에서도 뭐든 잘 해낼 수 있으리라 믿었다. 하지만 현실은 그렇지 않았다. 알고 보면 아무것도 아닌 일들이 당시엔 어렵고 두려웠다. 몇 번을 들어도 이해가 안 돼 되묻는 일이 반복되었다. 고정관념에 사로잡힌 나 자신을 보았다. '이 정도로 바보였나?'라는 생각이 스쳤다. 반복되는 좌절로 자존감은 바닥을 쳤다. 매일 퇴사를 생각했다. 30년 지켜왔던 직장을 포기하는 일이 지는 것처럼 느껴져 자존심이 상했다. 남편은 오래된 병으로 입원해 있었고, 고정된 수입 없이 살아갈 일이 막막했다. 매달 들어오는 월급이 끊기는 건 더 큰 두려움이었다. 그럼에도 매일 퇴사를 생각했다. 생계로 퇴사할 수 없다는 것이 더욱더 비참하게 만들었다. 원망과 분노는 내 안을 후벼 파고 갉아먹었다. 그렇게 시간이 흘렀고, 하나둘씩 배우며 적응했다. 때로는 시간이 해결해 주기도 했다.

30년 산업보건을 하면서 다른 분야를 경험할 기회가 많지 않았다. 교육사업국 발령 후 업무 초기에는 실수의 연속이었다. 산업보건을 오래했지만 돌아보면 우물 안 개구리였다. 익숙한 편안함에 안주했고 주어진 환경에 순응하며 살았다.

어느 날 회의 중 숨이 멎을 것 같은 죽음의 공포가 몰려왔다. 말로만 듣던 공황장애였다. 딸들이 "엄마 괜찮아?"라고 물을 때마다 "잘 이겨

낼 거야."라고 말했지만, 내 몸은 괜찮지 않다는 신호를 계속 보냈다. 체중은 계속 줄고, 사소한 일에도 눈물이 났다. 사는 게 의미가 없고 만사가 귀찮았다. 언니의 권유로 정신과 진료를 받았다. 원장님은 환자가 많음에도 40분 동안 얘기를 들어주었다. 솔직히 털어놓고 나니 후련했다. 약물 복용을 시작하고 가족들과 힘든 부분을 나누자 점차 우울 증상도 호전되었다. '숙형아! 괜찮지 않았구나.' 몸에서 보내는 신호를 알아차리고, 인정하고, 받아들이니 한결 편안해졌다.

팀원으로 생활은 적응이 쉽지 않았다. 회의 자리에서 내 의견은 더 이상 최종 결론이 아니었고, 몸가짐 하나도 조심스러워졌다. 그때 비로소 팀원들의 입장을 더 이해하게 되었다. 팀장의 지시 한마디가 누군가의 하루를 무겁게도, 가볍게도 만들 수 있다는 사실을 새삼 깨달았다. 시간이 흐르자, 이 변화가 내게 주어진 새로운 훈련의 장임을 알게 되었다. 책임이 줄어든 자리에서 다시 배움의 자세를 가질 수 있었고, 한 걸음 물러서서 바라보니 팀 전체의 흐름이 더 잘 보였다. 무엇보다 내가 팀원들에게 얼마나 많은 기대를 했었는지, 그리고 그 기대가 때로는 큰 부담이었음을 깊이 이해하게 되었다.

팀장이라는 자리를 내려놓고 팀원이 된 이후, 나의 하루는 이전과는 전혀 다른 색을 띠기 시작했다. 지시하고 가르치는 자리가 아니라, 옆에서 배우고 흡수하는 자리였다. 처음에는 어색했지만, 몰랐던 것을 알아가는 과정이 신선한 즐거움으로 다가왔다. 하나의 문을 열면 또 다른 새로운 문들이 보였다. 학창 시절 교과서를 처음 펼쳤을 때 느끼던 두근거림처럼, 새로운 지식이 내 안으로 들어올 때마다 나는 다시 성장하고 있음을 느꼈다. 배움의 자리는 단순히 '지식의 확장'이 아니라 내 삶을 활기차게 만드는 에너지의 원천이었다.

2024년 3월 모든 걸 포기하고 싶었던 기억이 떠오른다. 한없이 작아지고, 모두가 나를 손가락질하는 듯한 자괴감에 빠져 사람 만나기를 피했었다. 지금 나는 더 이상 '리더로서 무엇을 보여줄까?'에 매달리지 않는다. 대신 '팀원으로서 무엇을 배울 수 있을까?'를 나에게 묻는다. 그 과정에서 얻은 것들이 나의 내일을 더 단단하게 한다.

최근 김미경 강사의 강의를 들었다. 우리나라의 중심 연령이 20년 만에 30세에서 48세로 증가했다고 한다. 100세 시대에는 현재 나이에서 20세를 뺀 나이로 자신을 받아들이며 살라는 제안이 가슴에 와닿았다. 강의를 듣기 전에 무언가에 도전하려 하면 '이 나이에 뭘 힘들게 시작하려고 해.', '그냥 편하게 살아.'라는 마음이 나를 붙잡았다. 그래서 자문했다. 37세로 돌아간다면 어떻게 살고 싶은지, 무엇을 하고 싶은지. 나는 그동안 미뤄왔던 공부를 시작하려 한다. 상담심리학과에 진학하여 30

년 산업보건의 경험과 접목하여 퇴직 후의 새로운 길을 준비하려 한다. 산업현장의 건강관리 경험을 바탕으로 결합한다면 또 다른 새로운 문이 내 앞에 열릴 것이라는 기대를 해본다.

"흔들리지 않고 피는 꽃이 어디 있으랴. 바람과 비에 젖지 않고 피는 꽃이 어디 있으랴." 도종환 시인의 시처럼, 시련을 통해 우리의 삶은 더 빛나고 단단해진다.

어려움을 겪으며 나 자신을 깊이 들여다보았다. 당연하다고 여겼던 작은 일상의 소중함을 깨달았고, 누군가의 따뜻한 말 한마디가 얼마나 큰 힘이 되는지 알았다. 고통이 사라지기만을 기다리는 대신, 그 고통을 안고 견디는 과정에서 내 안의 잠재되어 있던 에너지를 보았다.

돌아보면 성장의 순간은 평탄한 길 위에 있지 않았다. 굽이치고 울퉁불퉁한 길에서 넘어지고 다시 일어서며 얻은 깨달음이 지금의 나를 만들었다. 그래서 이제 시련이 찾아와도 두렵기만 한 것이 아니라 언젠가 또 다른 나를 만들어 낼 것이라는 믿음을 품게 되었다.

시련은 더 이상 원치 않는 손님이 아니라 나를 키워주는 엄격한 스승이다. 그리고 그 스승에게서 배운 바탕으로 더 단단하고 따뜻한 사람이 되어 가고 있다.

# 일을 내려놓아도, 삶은 계속 자라는 중

언제까지 일할 수 있을지는 알 수 없지만, 어떻게 살아갈지는 선택할 수 있다. 이 부록은 그 선택 앞에서 선배들이 남긴 질문과 문장을 모았다.

## 1. 은퇴 이후, 선배들이 선택한 삶의 방향

1) 일을 하고 싶다는 마음과, 실제로 가능한 일을 구분했다.
2) 경력은 그대로 이어지기보다, 새 역할로 재해석된다는 점을 받아들였다.
3) 일과 여가의 비중을 다시 정하는 것이 삶의 중요한 과제가 되었다.

## 2. '일을 내려놓는 연습'을 위한 질문

1) 나는 언제 제일 행복한가? 나에게 온전히 집중해 보았는가?

__________________________________________

2) 나를 쉬게 할 수 있는 것은? 내가 제일 좋아하는 것은?

__________________________________________

3) 아무 역할도 맡지 않아도 괜찮았던 순간은?

____________________________________________

4) 일을 내려놓는 것이 두려운 이유는?

____________________________________________


### 3. 후배에게 남기는 한 문장

1) 오래 일하기 위해서는 잘 버티는 것보다 잘 조절하는 힘이 필요하다.
2) 사람을 돌보는 일인 만큼 자신도 돌보며 늘 배우고 성장하는 간호사
　　가 되길 바란다.
3) 오늘 작은 쉼과 여유가 내일 더 건강한 간호사로 성장하게 한다.
4) 내가 아니어도 세상은 돌아간다. 내가 맡지 않아도 된다.

## 강명희

평소에 일기를 쓰거나 책을 읽는 일은 생각할 수도 없을 만큼 바쁘게 생활했다. 직장 동료가 함께 글을 쓰자고 했다. 처음에는 "내가? 어떻게?" 하며 엄두가 나지 않았지만, 코치님 덕분에 글을 쓰게 되었다. 말로 표현하지 못한 직장 생활의 즐거움, 힘들었던 점, 정신적인 어려움을 쓰다 보니 내 삶이 비로소 정리된 기분이다. 매일 일기를 쓰며 하루하루를 뜻있게 마무리하고 싶다.

## 강은주

'함께, 더불어'라는 단어를 좋아한다. 이 단어를 생각하면 마음이 따뜻해진다. 이번에 공저 집필은 뜻있는 일이다. 함께하자는 제안에 모두 흔쾌히 참여하며, 나 자신에게도 함께한 이들에게도 선물이 되었다. 어쩌면 서로에게 은혜를 베푼 셈이다. 이 기회가 각자의 또 다른 성장과 도전의 마중물이 되기를 바란다. 막연한 기억 속에 흩어져 있던 조각들을 찾아 소중했던 공간을 찾아 메우고 맞추어 보니 아주 작은 나만의 역사가 정돈된 듯하다. 그리고 정돈된 조각의 끝자락, 아니 시작점에 지금 내가 서 있다.

## 남경숙

배우 박정민의 말처럼 '인생은 계획대로가 아니라, 선물처럼' 다가온다. 간호사를 꿈꾸며 시작한 삶은 아니었지만, 산업 간호사로 일하며 충분히 의미 있는 시간을 보냈고 그 마음으로 정년을 맞이하게 되었다. 공저에 동참하여 글을 쓰는 과정에서 지나온 시간을 되돌아보고, 막연하던 정년 이후의 삶에 새로운 목표를 세우는 계기가 되었다. 설레는 맘으로 정년 이후의 삶을 살아보리라 다짐한다.

## 배경숙

평범한 일상과 내 생각을 글로 표현하는 일은 쉽지 않았다. 학교 졸업하고 워킹맘으로 바쁘게 살아온 이야기 등 지나간 시간을 회상하면서 어렵게 글을 썼다. 내가 쓴 글이 더러는 비치는 망사옷을 입은 것처럼 속이 드러나 부끄럽기도 해서 망설이는 시간이 길었다. 내 삶을 글로 표현한 이유는 누구보다도 사랑하는 나의 두 아들에게 엄마의 옛날이야기를 들려주고 싶었다. 그리고 같은 길을 걷고 있는 후배들에게 나의 이야기가 작은 위로와 방향 결정에 도움 되길 바라며 용기를 낸다.


### 신계숙

글쓰기는 거절할 수 없는 요청으로 시작했다. 글을 써 내려가며 가족의 소중함과 곁을 지켜준 따뜻한 동료들의 존재를 다시금 돌아보게 되었다. 그 과정에서 지금까지 나의 일은 혼자만의 힘이 아니었음을 깨달았다. 또한 산업현장에서 근로자를 만나 안전한 작업환경을 만들고, 스스로 건강을 지킬 수 있도록 돕는 일은 여전히 큰 보람으로 남아 있다. 이 책이 현장을 지켜온 우리의 시간이 헛되지 않았음을 전하고, 누군가에게는 작은 공감과 위로가 되기를 바란다.


### 이미숙

돌아보면 나의 삶은 다시 시작하는 선택의 연속이었다. 포기하고 싶었던 순간마다 다시 한 걸음을 떼었고, 병원과 산업현장, 가정과 일터를 오가며 힘들게 버텨왔다, 그럼에도 불구하고 힘든 날보다 기쁘고 즐거운 날들이 더 많았다. 이 글을 쓰면서 친정어머니와 시어머니 생각이 많이 났다. 그분들이 계셨기에 사회생활을 이어갈 수 있었다. 많이 보고 싶고 그립다. 이 글이 워킹맘으로 살아가는 모든 분께 작은 위로와 도움이 되기를 바란다.

이은미

2025년은 나에게 유난히 행운이 가득한 해였다. 산업보건 글을 써보지 않겠냐는 이야기에 답해놓고 많은 일들로 힘들었지만, 아홉 분의 작가님들과 함께해서 행복했다. 대한산업보건협회에서의 28년을 추억 할 수 있었다. 코치님과 함께하는 코칭 시간에는 다른 작가님들의 이야기도 들었다. 각자의 상황에서 견디고 인내하며 때론 행복했고 힘들었던 추억 모두를 함께 공감할 수 있어서 좋았다. 작가 한 분 한 분의 소중한 이야기가 내 마음속 깊은 울림으로 남았듯이, 작지만 힘이 되는 이야기로 기억되기를 소망해본다.

전춘자

같은 직장에서 산업 간호사로 근무한 공통점으로 공저 글쓰기에 참여하게 되었다. 글 쓰는 내내 행복했다. 많은 사람을 떠올렸고, 많은 분에게 감사함을 느꼈다. 정년 후 새로운 삶에 대해 깊이 있게 생각해 보았던 귀한 시간이었다. 대한산업보건협회에서 긴 시간 보고, 듣고, 행동하며 배웠던 자산으로 인생 후반전을 시작하려 한다. 나의 시작에 힘찬 박수를 보내며, 일할 수 있도록 한결같은 마음으로 응원해 준 가족들에게 무한한 감사를 보낸다.

정진희

책을 써보지 않겠냐는 제안을 받았다. 정년을 앞두고 쓰는 글이라면 퇴직 기념이 되겠다는 생각에 망설임 없이 함께하겠다고 답했다. 하지만 글을 쓰는 일은 생각보다 쉽지 않았다. 무엇을, 어떻게, 어디까지 담아야 할지 스스로에게 수없이 물었다. 그럼에도 퇴고를 거치며 책의 모습이 조금씩 드러나니 이 작업이 나에게 꼭 필요했던 일임을 알게 되었다. 이 책이 산업 간호사를 꿈꾸는 누군가에게는 한 걸음 나아갈 용기가 되고, 우리 아이들과 다른 모든 이들에게는 작은 위로와 희망이 되었으면 한다.


최숙형

직장 동료의 권유로 생각지도 않던 글을 쓰게 되었다. 그로 인해 34년 간호사의 삶을 돌아보며 깊이 저장되어 있던 기억을 하나씩 꺼내 보게 되었다. 그동안 만났던 수많은 얼굴 중 어떤 만남은 오래 곁에 머물고, 어떤 만남은 스쳐 지나가지만, 그 모든 순간이 지금의 나를 만들었다. 돌아보면 삶은 늘 나보다 앞서 흘러갔다. 이해하지 못한 채 지나온 시간도 있었고, 뒤늦게 의미를 알아차린 순간도 있었다. 이 글은 그 지연된 깨달음에 대한 기록이다. 오늘도 누군가를 만난다. 그리고 그 만남이 나를 또 다른 나로 빚어갈 것이다. 그 과정을 기꺼이 받아들이며, 나는 다시 일상으로 돌아간다.